Presented by
Dungeon master
リアル世界にダンジョンが出来た
A dungeon was born in the real world
著 ダンジョンマスター
画 大熊まい

鈴木拓哉
Takuya Suzuki
本作の主人公。
地方暮らしの32歳。
彼女なし。
ポチ
Pochi
ジャーマンシェパード♂
鈴木家の頼れる番犬

ハク《Haku》
白烏骨鶏
ツメを使った攻撃が
得意
謎の女《?????》
拓哉を探っている
ようだが…
その目的は？
コク《Koku》
黒烏骨鶏
クチバシを使った
攻撃が得意

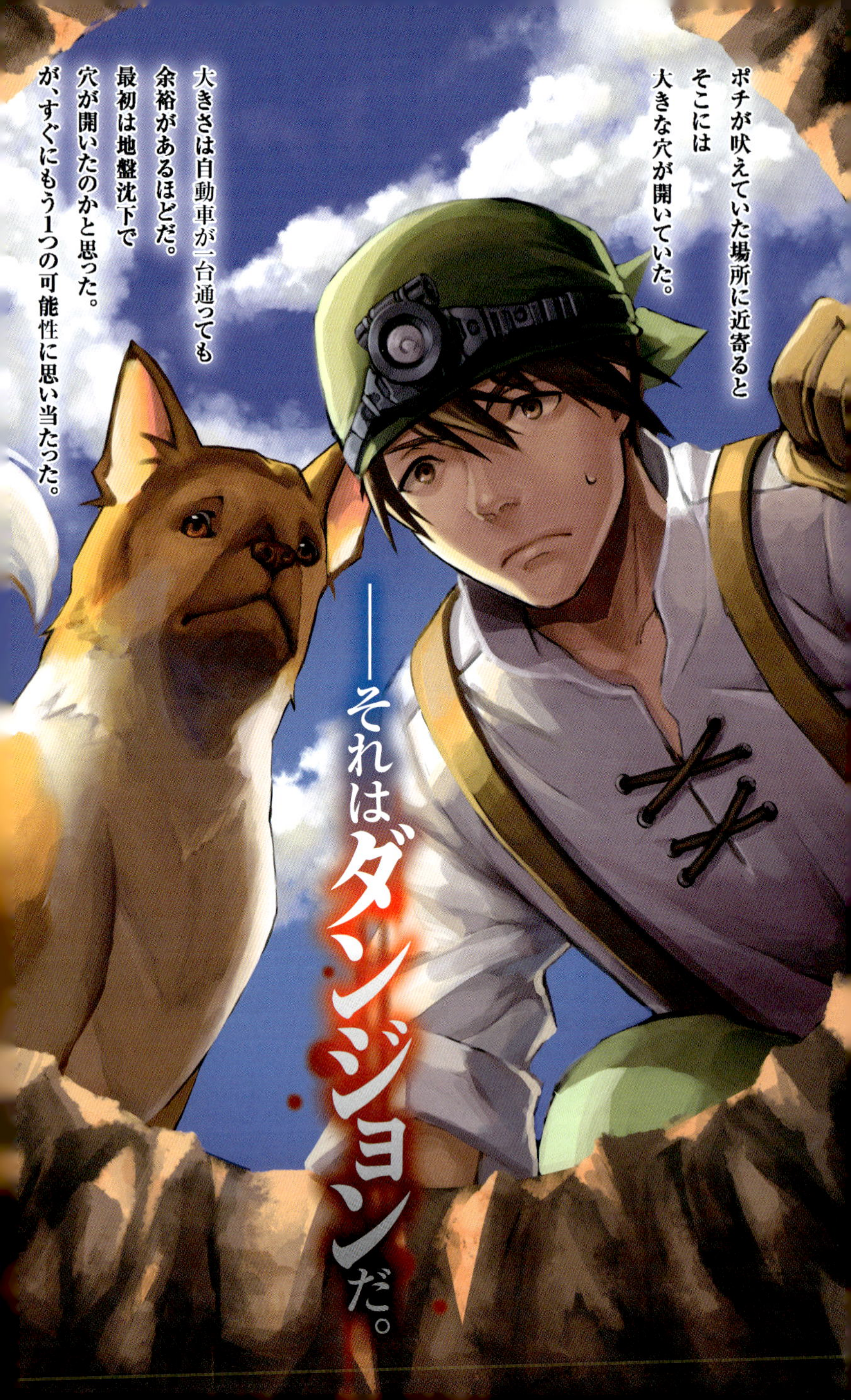
ポチが吠えていた場所に近寄ると
そこには
大きな穴が開いていた。
大きさは自動車が一台通っても
余裕があるほどだ。
最初は地盤沈下で
穴が開いたのかと思った。
が、すぐにもう1つの可能性に思い当たった。
——それはダンジョンだ。

リアル世界にダンジョンが出来た

A dungeon was born in the real world

著 ダンジョンマスター
Dungeon master
画 大熊まい

リアル世界にダンジョンが出来た
A dungeon was born in the real world

CONTENTS

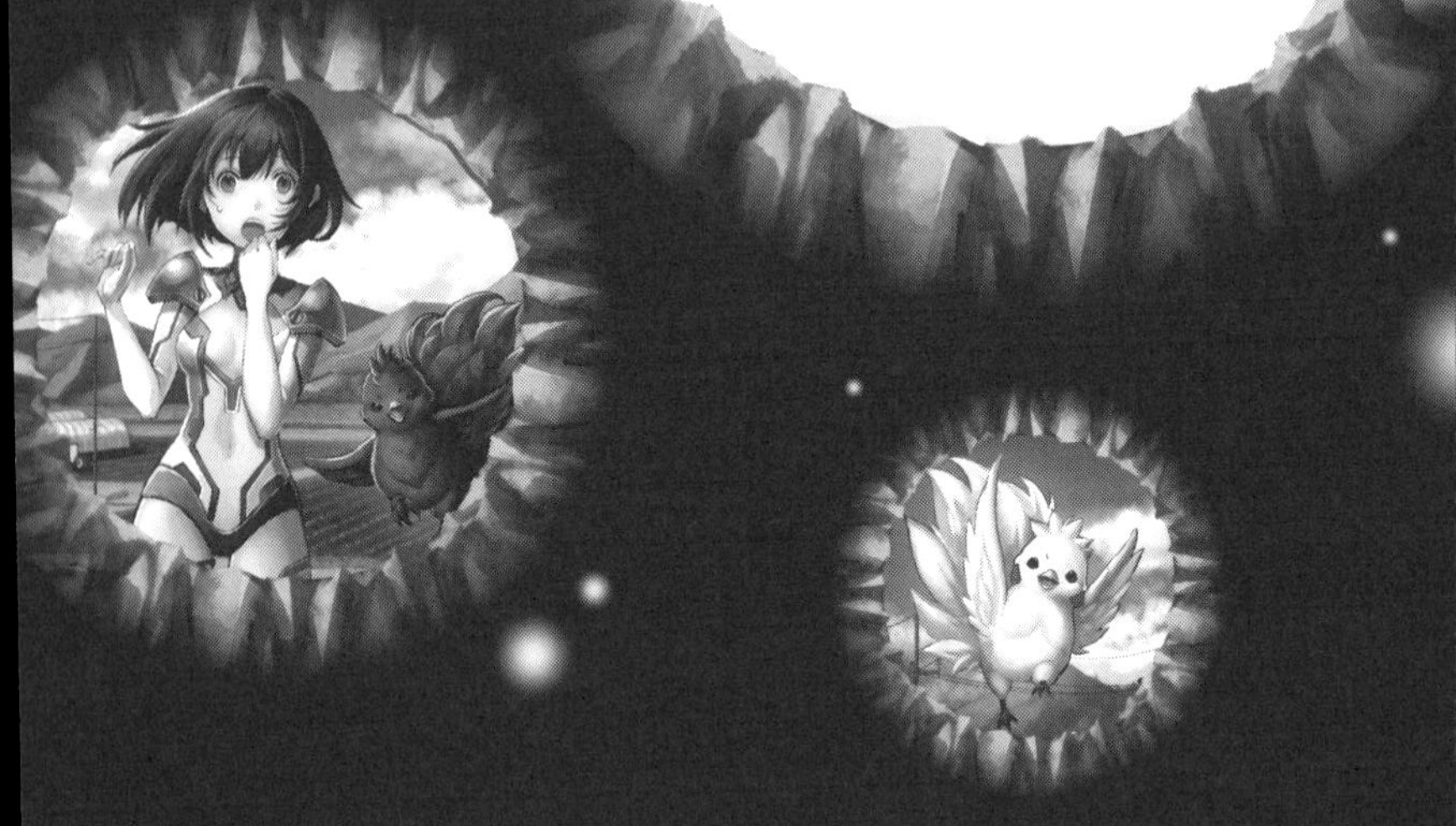

第0話◉始まり

Episode 0

ある日突然、世界各地にダンジョンが出来た。

最初は、突然に出来たダンジョンに戸惑うばかりだった。

そんなダンジョンに興味本位に入って行くものが現れる。

まあ、だいたいが若者、とくに子供だったりしたが。

その者たちのお陰で、ダンジョンの中にモンスターがいることが判明した。

そう、モンスター。

ダンジョンの中には見たことのない生物、それこそモンスターとしか呼べないような生き物が存在した。

その生物は、ダンジョンに入って来た生き物に襲い掛かった。

それは、人間に限らず、ありとあらゆる生き物に。

犬や猫、鳥などダンジョンに入って来た生物すべてに
世界各国はダンジョンの解明に乗り出す。

特にモンスターを捕らえ、解剖した。

しかし、判明したことは、ごくわずかだった。

モンスターも普通の生物と同じように脳や心臓といった臓器はあるが、これといった違いが見つからない。

ただ、ＤＮＡは存在しなかった。

より、モンスターのことを調べるため、ダンジョンの奥へと入って行った。

ダンジョンの奥へ入ると、モンスターは表層部《ひょうそうぶ》より強くなっていった。

表層部のモンスターは簡単に倒せていたのに、奥へと行くにつれモンスターをなかなか倒すことが出来ず、ある一定以上奥へ進むことが出来なくなった。

そのことから、ダンジョンは危険な物だと判断した。

幸いモンスターはダンジョンから出て来ることはなかったので立ち入り禁止にし、世間はダン

ジョンの存在を忘れていった。

だが、それは甘い考えだった。

しばらくするとダンジョンから決して出て来ることのなかったモンスターが、ダンジョンから出て来た。しかも、数えきれないほどの大群で。

各国は軍を派遣し、なんとかしようとしたが、数に押されていった。

そんななか、アメリカは核兵器の使用に踏み切った。

一般市民を巻き添えにしながらも、核兵器によってモンスターを殲滅《せんめつ》することに成功する。

それに習い、中国も核兵器を使用する。

だが、それは、さらなる悪夢を呼び寄せることになった。

核兵器によって殲滅することに成功したダンジョンからしばらくして再び、モンスターが溢れ出た。

しかも、より強力なモンスターがだ。

アメリカは、核兵器でもう一度殲滅させようと使用するが、モンスターを殲滅させることが出来なかった。

それどころか、より活発になり被害が増大した。

それは中国でも同じであった。

それ以後、モンスターに核兵器を使用することが禁止になった。

しかし、それは遅すぎた。

核兵器を使ったアメリカと中国ではモンスターに溢れかえり、人間が住める地域ではなくなった。

しかも、活動範囲を広げ人間たちに襲い掛かってくる
そんなモンスターを如何《どう》にかしようと人間たちは奮戦する。

当初、モンスターを倒すため銃器を使用していたが、あることをきっかけに銃器ではなく、剣や槍、弓等に切り替えることとなった。

そのきっかけは、モンスターに襲われた一般人の中に、銃ではなく金属バットなどでモンスター

を撃退したことだ。

その一般人は初めのモンスターを倒した時は疲労困憊《ひろうこんぱい》だったのだが、2匹、3匹と倒すにつれ、倒す時間が減り、疲労も少なくなったと感じていた。

モンスターからの襲撃を切り抜け、安全な場所へ避難し病院での検査を受けた時に、それが判明した。

ただモンスターから逃げ出した人たちに比べ、モンスターを倒して逃げて来た人では傷の治りが早かった。

それは、よりモンスターを倒した人ほど、より顕著に表れた。

それを検証するため、モンスターを倒す際、余裕があれば銃器ではなくナイフなどで倒すように指示を出した。

その結果、銃器で倒しても何も変わらないが、ナイフや素手などで倒した者たちは身体能力が向上していることが判明した。

そのことが判明したことで、人間たちの反撃が始まった。

ただ、蹂躙《じゅうりん》されるだけだった人間たち。

対抗する術《すべ》を知った人間はゆっくりとだが、確実にモンスターを倒す力を付けていく。

第1話◉探索

Episode 1

朝になりスマホが鳴る。
目覚ましをセットしてあるためだ。
さて、今日もひと仕事するか。

農家の朝は早い。
大体5時ごろに起きて野菜に水撒《ま》きをする。
場合によっては草むしりもすることもある。
俺のところは無農薬でやっているため、雑草や虫が繁殖しやすい。
そのため、農薬の代わりに調合した調味料を撒いている。
調合した調味料はお酢に唐辛子を混ぜたものだ。
結構簡単に作れるので、家庭菜園するのなら試してみてくれ。
ただし配合比などは内緒だ。
注意点としては劇物になるので目や口に入らないように気を付けてくれよ。

水撒きは簡単だ。

ちょっと改良したホースに水を通せば水撒きは完了。
草むしりは2週に1回くらいやればいい。
農薬代わりの調味料もたまに撒くだけでいいし、農家は結構時間が余る。
まあ、その代わり収穫する時が大変だけどな。

で、あまりに暇なんで、ニワトリも飼った。
と言ってもそんなに多くはない。
一般的に知られている白いニワトリが10羽。
そして、あまり知られていないが烏骨鶏《うこっけい》というのが2羽。
白いのと黒いのだ。
計12羽。

普通のニワトリに比べて烏骨鶏はかなり高い。
どれくらい高いかって？
ググればすぐに分かると思うが、だいたい5倍から10倍といったところだ。
まあ、その分栄養価はだいぶ多い。
それもググれば分かる。

だもんで、烏骨鶏は大事に育てている。

水撒きが終わるとニワトリ小屋からニワトリたちを出す。

と言っても10畳ほどの広さの柵の中だけど。

柵の中央に餌箱を置いてあって360度どこからでも食べられるようにしてある。


ニワトリを出したら小屋の中に入り、中にある卵を集めて箱詰めする。

それを近場のスーパーに卸《おろ》す。

卵1個で10円だ。

で、10個だから100円にしかならない。

ガキのお小遣いにもならない。

まあ、これは俺の趣味でやってることだから別にいいんだけどね。


あ、そうそう、烏骨鶏の卵は別にしてある。

なぜかって?

たった2羽しかいないし繁殖期にしか産まないからだ。

産む量は年で40~50個くらいで、繁殖期に10個くらい産み、2ヶ月くらい期間が空《あ》く。

もちろん、小屋も別にしてある。でないと区別が付かないからだ。

で、烏骨鶏の卵は俺個人や家族で食している。

味はどうかって?

濃厚で旨いぞ。

後は夕方にまた餌を与えて、それが終わったら小屋に戻して今日の仕事は終わり。

あー、農家は楽だ。


あれ？

ポチがうるさいな。

なんかあったか？


あ、ポチはうちの番犬だ。

犬種はジャーマン・シェパード。

え？　犬種と名前が合わない？

ほっとけ。

番犬として役立てばいいんだから。

俺のところは山間《やまあい》に近いこともあり、時々山から野生の動物が現れるから、それを守ってもらう役割がほとんどだね。

シカやイノシシが来て、野菜を食べていくからかなりの被害を出してしまう。

それをなんとかしようとポチを飼い始めたのだが、かなり役に立っている。

ポチが野生動物の近くにいなくても、吠えるだけでほとんどが逃げていくので、野菜の被害がだいぶ減った。

ただし、イノシシの場合は、ポチの声を聞いても逃げずに向かって来る時もあるので、そういう時は気を付けている。

そういう風にちゃんと小さいころから躾《しつけ》たおかげで、番犬としての役割を十分に果たしている。

そのポチが吠えてるってことはなんかあったんだろう。

行ってみよう。


ポチに近づくと、吠えるのをやめた。

「どうした？　なんかあったか？」


そう言うと、ポチはある方向に向かって吠える。

俺の位置からは特に変わったところは見えない。

ん～、けど、こうしてポチが吠えるってことはなんかあるはずだし、よし、ポチに行かせてみるか。

ポチを繋いでいるリードを解く。


「よし、行け！」

そう指示すると、ポチは駈け出して行った。
その後を歩いて追って行く。

ポチが向かったのは畑の隅のほう。
畑に生えた雑草を引っこ抜き、乾燥させて肥料にさせていた場所だ。
そんな場所でポチは吠えていた。

なんでそんな場所で吠えるんだと思い、近寄るとそこには大きな穴が開いていた。
大きさは自動車が1台通っても余裕があるほどだ。
最初は地盤沈下で穴が開いたのかと思った。
が、すぐにもう1つの可能性に思い当たった。
それはダンジョンだ。

今から3年前に現れたダンジョン。
最初はそのことで結構騒がれ、1度は沈静化したダンジョン。
その後、ダンジョンから溢れたモンスターで大問題になった、あのダンジョン。

もし、この穴がダンジョンならば、大変だ。
どうしよう、どうすればいい？

警察に連絡すればいいのか？

けど、もし、ただの穴だったら迷惑を掛けることになる。

うーん、よし！

ちょっと、中に入ってみよう。

で、単なる穴だったら塞げばいい。

ダンジョンだったら、その時は警察を呼べばいいな。

そうと決まれば、準備をしよう。


まずは、1度家に戻り母さんたちにこのことを伝えて、何か武器になるものを……。

ああ、納屋に鉈《なた》があったな、あれでいいや。

ポチはどうするか。

ここに残して見張らせておくか。それとも一緒に連れて行くか。

もしダンジョンだったら、モンスターがいるんだよな。

俺よりポチのほうが強い、よな？

と言うことは、俺1人で行くより、ポチと一緒に行ったほうが生き残れる可能性が高くなるか。

よし、一緒に連れて行こう。

リードに繋いでいると咄嗟《とっさ》の時、やばくなるか。

リードは外したままにしよう。

10数分後。

納屋にあった少しさびが出ている鉈を片手に、穴の前に立っている。


「よ、よし。行くぞ」


足元に居たポチに声を掛け、穴の中に入って行く。

ポチも嫌がることなく、素直について行く。


穴はゆるやかな坂になっていて、下へと伸びている。

穴の中は暗く、先が見えづらくなってきた。

しかし、俺は焦らない。

なぜなら、ヘッドライトがあるからだ。

なぜ、ヘッドライトがあるのかというと、畑を夜見回りをする時がある。

野犬や野良猫、鳥が畑やニワトリ小屋を荒らす時があり、柵や網が壊されたときに修理するため両手がふさがっていると、作業ができないのでヘッドライトを買うことになったためだ。

というわけでヘッドライトを点《つ》ける。


どれくらい進んだろうか？

10分？　20分？

分からない。
緊張で時間が分からなくなった。
とにかく、進もう。

しばらく進むと、前方が明るくなった。

あれ？　どっかに繋がった？

その判断は合っていた。
ただし、繋がったのはダンジョンであったが。
しかし、その時はそんなことなど分かるはずもなかった。

明かりがあるならライトは消してもいいな。

そう判断し、ヘッドライトを消して、そのまま前へと進む。
そうして明りのある場所へ辿《たど》り着く。
そこは今まで来た道と同じく土しかない。
なのに何故か、明るい。
よく見ると、土がぼんやりと光っている。

不思議に思い、土を掴んでみるが、手の中にある土は光を放っていない。

地面に土を落とすと、また光り出す。

わけの分からない、不思議な現象である。


どうして光っているのか、そんなことを考えても分かるはずもないので、そういうものだと深く考えることをやめた。

取り敢えず、前に進もう。


穴はまだ続いている。

ダンジョンなのか、それともただの穴なのか、まだ判断が付かないので、着くまで進むことにした。

そうした判断のもと、前に進んでいくと2股の分かれ道にぶつかる。

こういう分かれ道の場合、心理的に左に行きたがるもの、とある漫画で読んだことがあった。

ならば、敢えてそうしてみよう。

そういうものは、なんらかの根拠があるからそうなっているはず。

なら、それに逆らうのはよくない。

一応目印として壁に分かるように×印を付ける。

目印を付け終えると左の道に進む。

左の道にしばらく進むと、ポチが急に唸り出した。

なんだと思い、ポチが唸っている前方を見ていると、何かがこっちに向かって来ている。

しばらくすると、それは猫ほどの大きさのあるネズミだと思った。


でけえ。

こんなにでかいネズミがいるのか。


そんな風に思っていると、突然そのネズミは俺に向かって走って来た。

その速さはかなり早かった。

ネズミとの距離は30ｍくらいあったはずなのに、わずか1秒で俺のもとに辿り着いていた。

しかも口を大きく開き、噛み付こうとしているのが分かった。


噛まれる！


そう思ったが動くことが出来なかった。

思わず目を閉じたが、痛みを感じることはなかった。

代わりに、何かの鳴き声が聞こえた。

なんだと思い、目を開けてみると、そこには、ネズミに噛み付いているポチの姿があった。

それに対し、ネズミは逃れようと暴れまわり鳴き喚いていた。

しばらくその様子をぼーっと見ていたが、ネズミはしぶとく、なかなか大人しくなりそうになかった。

ならばと思い、手に持っていた鉈を握り直し、構えを取った。


「ポチ、そのまま押さえていろ！」


鉈を振りかぶり、一気に振り下ろす。

鉈は、ネズミの背中に当たると、背骨を断ち、体の半ばまで食い込んだ。

さすがに、この一撃は致命傷となったのか、ネズミは大きく鳴くが、だんだんと小さくなり、しまいには鳴き止《や》んだ。

ネズミが鳴き止むとポチは噛むのを止め、鼻先でネズミを突いた。

それでも、ネズミが動かないのを確認出来ると、俺に頭をこすり付けてきた。


ポチのおかげで俺はネズミに噛まれることがなかった。

ポチは大活躍したのだから、ちゃんと褒めてやらないとな。

俺はしゃがみ込み、抱えるようにしてポチを撫で回した。

「よーしよし、ポチ、よくやった！　えらいぞー」

ポチは嬉しいのか、尻尾を振り回し俺の顔を舐めてきた。

それに対し、俺は嫌がることなく好きなだけポチに舐めさせてやった。


しばらくして、もういいだろうと判断し、立ち上がる。

ポチも、それに対し引きずることなく大人しくなる。


さて、この大きなネズミだが、普通に考えたらただのネズミではありえない。

しかし、モンスターかと言うと、それもどうかなーって思う。

だって、俺の知っているダンジョンに出てくるモンスターってのは、もっとこう、見た目からしてモンスターだっていうのばかりだ。

それと比べると、こいつはただでかいネズミって感じだしな。

ただのネズミだとしたら狂暴すぎるって思うやつもいるかもしれないが、ドブネズミって結構凶暴なんだぜ。

下手《へた》に手を出せば噛み付かれる。

しかもいろんな菌を持っているから噛まれるとかなりやばい。

それに大きくなったドブネズミは子猫くらいある奴もいる。

だから、大きさのことを考えなければ、このくらいのネズミはあり得ると思う。

大きさに対してだって、ここにはいい餌があってこれほど育った可能性もありうる。

うーん、やっぱりなんとも言えないな。

もっと、はっきり分かるようなのが出てこないかな。

そのためにはもっと進まないとダメかな。

正直言って、引き返したい。

けど、ここがダンジョンならば放っておくわけにはいかない。

となると、やはり進むしかないか。


そう、判断するとネズミに刺さったままにしていた鉈を引き抜いた。

引き抜いた瞬間、血が飛んだがあまり気にしなかった。

なぜなら、生きたニワトリを絞めたことがあるからだ。

その時も鉈で首を刎《は》ねたが結構血が出るし、体に掛かる時もある。

だから、血が飛んだくらいでいちいち気にしてなんかいられない。

鉈に付いた血を振って飛ばすと、鉈を体にぶつけないように気を付けながら歩き始めた。

ここがダンジョンだと分かる物を見つけるために。

第2話◉戦闘、そして食す

Episode 2

しばらく進むと、またポチが唸り出した。
と言うことは、また何かが近づいてきたのか。
今度は油断しないよう鉈を構える。

すると前方からまたネズミが現れた。
しかも今度は2匹だ。

む、2匹か。
片方はポチに任せるしかないか。

「ポチ、1匹は頼んだ」

「ワン！」

ポチは、任せろという感じで吠えた。

ネズミは前回同様、俺たちを認識すると勢いよく向かって来た。
しかも、俺とポチに別れて向かってきた。

これは俺にとっては喜ばしいことだった。
ネズミが、俺かポチのどちらかだけに向かっていたら対応するのが難しいと思ったからだ。

ポチもネズミに向かい、迎撃に当たる。
対して俺は動かず、ネズミが来るのを待つ。

ネズミの速度はかなり速い。
一瞬で俺の足元に来た。そして、口を開け噛み付こうとしていた。
しかし、そのことは予想がついていたので慌てることはない。
それどころか、ネズミの動きに合わせサッカーキックをお見舞いする。

サッカーキックは、見事ネズミの顔面を捉《とら》える。
当たった瞬間、足にかなりの衝撃が伝わり、ボキッという音がした。
足を振りぬくと、ネズミは吹っ飛んだ。

いってー!!

マジ、痛ってー!!

ボキッて言ったし、足折れたか!?


慌てて、足を触る。

ネズミを蹴った部分を触るとかなり痛い。

それを堪《こら》えて念入りに触れてみるが、どうやら折れてはいないみたいだ。

なら、先ほどの折れたっぽい音はなんだと思った。


まあ、この場合、後はもう1つしかないけど。


蹴っ飛ばしたネズミに近寄る。

近寄るとネズミの首がおかしな方向に曲がっているのが分かった。

蹴っ飛ばした衝撃でネズミの首が折れたようだ。


しかし、まだネズミは死んでいないようで、体がビクンビクンと痙攣《けいれん》していた。

このまま放っておいても多分死ぬだろうが、万が一のことを考えネズミの首目掛けて鉈を振り下ろす。

鉈は見事にネズミの首を切断し、頭と胴が別れた。

これでこいつはいいだろう。

ポチはどうなった？


ポチのほうを見ると、ポチがネズミの首に噛みついており頭と体を押さえ付けていた。

そのまま、ネズミの首を噛みちぎろうと噛んでいる部分を引っ張っている。

もちろん、ネズミはそうさせないようにと暴れるが、暴れれば暴れるほどポチの牙が食い込み、より傷を広げている。

そして、ついにポチは噛みちぎることに成功する。

ネズミの噛みちぎれたところから血が勢いよく飛び出し、しばらくネズミはもがいていたがついにこと切れた。


さすがだな。

ジャーマン・シェパードは警察犬や軍用犬として扱われるだけあって、この程度のネズミは相手にならないか。

あ、そう言えば、モンスターを倒すと身体能力が上がるんだったな。


俺はその場で体を動かす。

体を捻《ひね》ってみたり、跳ねてみる。

しかし、前と変わった感じがしない。

そのことから考えられることは2つ。

1つ目は、このネズミはモンスターではない。

だから、倒したところで何も変わらない。

2つ目は、このネズミが弱すぎて身体能力の向上が微々たるもので、変化が分からなかったこと。

1つ目だとしたら、いくら倒しても変化はないだろう。

しかし、2つ目だとしたら、何匹かネズミを倒せば変化が見られるはず。ただ、その場合、どれくらい倒せばいいのか分からないが。


取り敢えず、1度戻るか。

たぶん、そろそろ昼になっている頃だろうし。


そう思い、来た道を引き返そうとしたが、ネズミをどうするか迷った。

なぜって？

もし、このネズミがモンスターだった場合、食用として価値があるかもしれないからだ。

どういうわけか、ダンジョンにいるモンスターは食すとかなり美味《おい》しいということが分かっている。

しかも、表層部にいるモンスターより深層部のモンスター、弱いモンスターより強いモンスターほど美味しいということが。

ポチが倒したのは口にするのはいただけないが、俺が倒したのは首を刎ねたおかげでいい感じで血抜きが出来ている。

こいつを更《さら》に血抜きが出来れば、食するのに問題はないだろう。


取り敢えずこいつ1匹を持ち帰ってみるか。


そう決めると、まずしっかりと血抜きをするため、後ろ足を持ち逆さにする。

すると、まだ体内に残っていた血が切断したところから垂れてくる。

しばらくして、血が出なくなったところで肩に担ぎ道を引き返した。


穴から抜け出した俺は、まずポチを繋いだ。

で、少し移動してネズミの解体に入った。

ニワトリの解体をしたことはあったが、ネズミのように皮のあるのは解体したことがなかったので、一苦労した。

皮は上手《うま》く剥《は》がせなかったが、どうせ捨てるからどうでもいいか。

腹を開き内臓を取り出し、肉を切り分ける。

内臓は心臓と肝臓《レバー》を残し後は廃棄。

廃棄といっても、ただ捨てるのではなくバイオ式生ゴミ処理機に入れる。

こうすれば肥料として使えるからな。

そうしていると、昼を回り14時近くになっていた。

で、解体した肉を持って家の中に入る。

すると、母さんが待っていた。

「お帰り、遅かったわね。どうだった？」

「ただいま。うーん、まだ分かんないな。もうしばらく調べてみる」

「そう。それで、その肉は何？」

「これは、穴にいたネズミの肉だよ」

「ちょっ、そんなもん持って来ないでよ！　さっさと捨てなさい!!」

さすがに、ネズミの肉というと焦るか。

「まあまあ、落ち着いて。正確に言うとネズミに似た何かの肉だね」

「それのどこに違いがあるのよ！　いいから、さっさと捨てなさい！」

「だから、落ち着けって。いいか、もし、あの穴がダンジョンだとしたら、こいつはモンスターの肉になる」

「それがどうしたの？」

「ニュースで流れてただろ？　モンスターの肉は高級肉として扱われているって」

「……そう言えば、そんなのが流れてたわね」

「だから、もしかしたらこいつもそうじゃないかって思って持って来たんだよ」

「なるほどね。高級肉かもしれない、か。じゃあ、早速食べてみましょ」

そう言うと、俺の手から肉を奪い取り、台所へ向かった。

「ちょ、母さん！」

「あんたは座って待ってなさい。今、調理してあげるから」

そのまま台所へ消えていく。

まあ、いっか。
どうせ調理しようと思っていたし、手間が省《はぶ》けたと思えば。
居間に行き、調理が出来るのを待つ。
しばらくすると、母さんが調理した肉を乗せた皿を持って現れる。

「出来たわよ」

皿をテーブルの上に置く。

「さあ、早く食べてみて」

母さんは、こっちを見てニコニコと笑う。

その様子だとまだ食べていないな。

俺を毒見役にするつもりか。

ため息をつくと、箸を持ち、肉を1切れ摘まむ。
目の前で一旦止め、覚悟を決めて口に入れる。
口に入れてモグモグと咀嚼《そしゃく》する。

……ん？
んん⁉
美味い。
普通に美味い。
めちゃくちゃ美味いとか、蕩《とろ》けるような美味さはないが、ただの肉よりは美味い。
でも、モンスターだとしたら相当な雑魚《ざこ》という感じだったし、こんなもんか。

「どう？　なんともない？」

「大丈夫。美味いよ」

「そう？　なら、私も一口」

そう言うと手掴みで、肉を1切れ摘まむと口に入れた。

「うん、美味しい。これならなんも問題ないね」

そう言うと、次々に口に肉を運んでいく。

「ちょっと、俺の分がなくなる！」

「大丈夫よ。まだ肉はあるから」

「それなら、残りの肉を持って来てくれよ」

「待ってなさい。今持って来るから」

母さんは一旦《いったん》台所に引っ込む。

しばらくして、大皿を持って来た。

そこにはたんまりと肉が乗っている。

たぶん、全部の肉を乗せたんだろうな

「母さん、この肉をポチのところにも持って行ってよ。ポチのお陰で持って来ることが出来たんだから」

「あら、そうね。じゃあ、半分持ってくわ」

もう1皿出し、そちらに半分ほど載せるとそのまま出て行く。
ポチへ持って行ったんだろう。

残りの肉をおかずにご飯を食べていく。
全て食べ切った時に母さんが戻ってきた。
戻ってきたのはいいが、すぐに絶望したような顔をした。

「ああ、お肉が……」

肉がないことがショックだったようだ。

「また後で、穴に向かうよ。その時にまた持って来るから」

「本当⁉　じゃあ、お願いね。今度はもっとたくさん」

「はいよ」

その後、食後休憩として1時間ほど休み、もう動いてもいいと感じたので、また穴へ向かうことにした。

今度はネズミを入れるための大き目のリュックサックを背負って。

第3話 ◉ 本日2度目の探索

Episode 3

ポチを連れて再び穴の前に立つ。
今回の目的は探索でもあるがメインはネズミ狩りだ。
なぜなら時間は15時を過ぎている。
こんな時間じゃ、ろくに探索する時間がない。
なので、ネズミ狩りがメインというわけだ。
リュックサックがいっぱいになるか、17時になったら引き返す。
時間が分かるようスマホにアラームを設定した。

では、行くか。

穴の中を進んで行く。
道先は先程と同じく最初の分かれ道を左に行く。
そのまま進んで行くと最初のネズミと戦った場所に辿り着く。
そこにはネズミが3匹いた。

そのネズミたちは何をしているのかというと、共食いをしていた。

俺が倒してそのまま放置しておいたネズミを食べていた、というわけだ。

しかも、食べることに夢中になっているのか、それとも分かって無視しているのか分からないが、俺の方を一切見向きもしない。

どちらにせよ、これはチャンスだ。

ポチに静かにするよう合図をしてソロリソロリと、ネズミに近寄る。

そして、すぐ攻撃の出来る位置まで近づいたが、いまだに食べ続けている。


俺は鉈を振り上げ、ネズミの脳天目掛けて振り下ろす。

鉈はネズミの頭をかち割り、ネズミは絶命する。

この時になってようやく他のネズミたちは食べることを止めて、俺に向かって威嚇《いかく》してきた。


が、そんなもん今更《いまさら》無駄だ。

鉈を引き抜き、すぐ近くのネズミに切り掛かる。

また、ポチももう1匹の方へ飛び掛かる。

鉈はネズミの胴を深く切り裂く。

その傷のため、ネズミは鳴いて暴れるが、脅威にならない。

止《とど》めを刺すため、鉈を振り上げ首目掛けて振り下ろす。

鉈は見事に首に命中し、首を刎ねる。

これで残るは１匹だけ。

その１匹もポチによって既に倒されていた。

あっけなく戦闘は終わった。


まあ、このネズミは雑魚みたいだからこんなもんか。

それより血抜きをしないとな。


俺が倒したネズミの血抜きをするため後ろ足を持って逆さにする。

しばらくして、血が出なくなったらリュックサックを開きビニール袋を取り出して中へ入れていく。

それからリュックサックへ詰めていく。

リュックサックの半分ほど埋まった。


まだ、入れられるな。

じゃあ、もう少し進むか。


再び、前へと進む。

そして、２度目の戦闘があった場所に辿り着く。

そこには、ポチが倒したネズミがあるはずだったが、それっぽいものが見当たらない。

あるのは血痕のみだった。
どうやら、一欠《ひとか》けらも残さずに食われたらしい。
その場に突っ立っていたってしょうがない。
先へ進もう。
しばらく進んでいくと、また分かれ道に突き当たる。
今度は3股だ。
うーん、どこにするか。
悩んでも分かんないし、なら、勘《かん》で進むか？
あ、そうだ。
ポチに決めさせるか。
「ポチ、どっちに行きたい？」
そう聞くと、ポチは地面を嗅ぎ出した。
しばらく、右、左、真ん中と嗅いでいたが、顔を上げると真ん中に向かって吠えた。

「こっちか?」

真ん中を指して聞くと、ワンと一鳴きする。

「じゃあ、ここにしよう」

ポチの示した道へと進む。
しばらく進んで行くと、その先にネズミがいるのが分かった。
なるほど、ネズミがいた方を選んだのか。

数は1匹だったので、問題なく討ち取る。
そのネズミも血抜きをしてしまう。

それからしばらく歩くと、先の方の明かりが強くなっているのが分かった。
なんだろうと思い近づこうとしたが、ポチがズボンの裾を噛んで行く手を阻《はば》んだ。

「なんだ、ポチ?　なんかあるのか?」

ポチは、肯定を示すかのように小さく吠えた。

「危険があるのか？」

またも、小さく吠える。

「そうか。んー、どうするか」


こういう時のポチの危険察知能力はバカに出来ない。

以前もそれで助かったことが幾度かあった。

だから、危険だということは分かった。

だが、どう危険なのか分からなければ対処のしようがない。

ということで、ゆっくりと音を立てないように進むことにした。


ゆっくりと進んで行くと、明かりが強くなっているところがちょっとした広場になっていることが分かった。

そして、床のところに何かがいるのも分かる。

ただ、まだ遠いので、それがなんなのか判断できない。

更に慎重にゆっくりと進む。

そして、床に居るのがなんなのか分かるところまで来た
それは、ネズミだ。
ただし、量が半端《はんぱ》じゃなかった。
1匹や2匹ではなく10匹以上は確実にいる。
下手をすれば20匹を越えているのではないか？
それくらい大量のネズミが広場に集まっていた。

冗談じゃない。
こんな大量のネズミを相手になんか出来ねえぞ。
こりゃ、ポチも止めるわけだ。

その場をゆっくりと、音を立てないようにして引き返した。
十分に離れたところで一息ついた。

うん、ありゃー無理だ。
他の場所へ行こう。

そして、分かれ道まで戻る。

さて、真ん中はダメだったから右か左だな。

さっきは左だったから右に行くか。


あまり深く考えずに道を選ぶ。

何せ選ぶための判断材料がないのだから考えても仕方がない。

こういう時はさっさと決めてしまう。


そして、その道を進んでいくと先程と同じような展開があった。

広場があり、大量のネズミがいた。

さっきと比べると若干少ないようにも感じたが、どうにも出来ないというのでは大して変わらないが。

残りのもう1つの分かれ道も同様だった。

仕方なく、1番初めの分かれ道まで戻った。

最初の分かれ道まで戻ると、時間を確認するためスマホを取り出す。

時間はまだ16時を少し過ぎたところだった。

まだ、大丈夫だな。

んじゃ、こっちの道に行ってみよう。

分かれ道の右へと進んで行く。
しばらく進んで行くとまた、明かりが見えた。
そのまま進むとやはり広場があった。
しかし、先ほどの3つの広場とは違いネズミの数は4匹しかいなかった。

さて、どうするか。
今のところ最大3匹までとしか戦っていない。
しかも、食事中だったところに不意を突いてのことだったからなんとかなった。
しかし、今回はそうじゃない。
こいつらと戦うことになったら、無事でいられるか？
強襲すれば、上手くいけば1匹くらいはすぐに倒せるかもしれない。
ポチに1匹は任せることが出来たとしても、残り2匹。
ちょっと厳しいか？
どうにかして、数を減らせないか？
もしくは、注意を逸《そ》らすことが出来ればなんとかなりそうなんだが。
ネズミをどうするか悩んだが、いい手が浮かばない。
戦うことを前提としてリュックを下ろした。

その時、ふっと閃《ひらめ》いた。


こいつら、共食いをしていたな。

もしかしたら。


そう思い立つと、リュックからネズミを1匹取り出す。

取り出したネズミの足を1本切り落とす。

そして、その足をネズミたちに向かって放り投げる。

すると、ネズミたちは投げ込まれたネズミの足を認識すると、こぞってその足に向かった。

ネズミたちは、そのネズミの足を巡って奪い合いを始めた。


よし！

上手くいった！


そう、これが先程閃いたことだった。

ネズミたちに少量の食べ物を与えたら、奪い合いが始まるんじゃないかと。

それは的中した。

このネズミたちはわずかな餌を巡り、かなり過激な奪い合いとなった。

噛みつき、引っ掻き、体当たりなどを始める。

その奪い合いから脱落したネズミにもう瀕死と言ってもいいほど弱っていた

最後まで争っていた2匹も決着が付き、負けた方のネズミは弱り、勝ったほうも傷だらけという状況になった。

このチャンスを逃す手はない。


ポチに合図を出し勝ち残ったネズミに襲い掛からせた。

俺が行くよりポチに行かせたほうが早い。

少しでも休ませないためにはこうしたほうがいいと判断。

俺は残りの3匹に鉈を振り落とし、首を刎ねていく。

3匹のネズミは傷つき弱っていたため、首を刎ねるのに少しも苦労しなかった。

3匹のネズミを刎ねたので、ポチの応援に向かおうとしたが、すでに決着は付いていた。

ポチはお座りの状態で俺のほうを見ていた。

そして、褒めてと言わんばかりに尻尾を振っていた。

もちろん、ポチをしっかり褒めた。

こういう時にしっかり褒めてやらないと、言うことを聞かなくなる。

なので、一切手を抜かず、ポチが満足するまで褒めて（撫でて）やった。

その後はネズミの処理をしてリュックにしまう。

これでリュックはほぼいっぱいになったので、帰ることにした。

第4話◉今後の対策

Episode 4

ダンジョンから戻って来たのは16時を少し回ったところだった。
戻って来た俺は早速狩ったネズミの解体を始めた。

全部のネズミの解体が終わったのは18時少し手前だった。
その重量は軽く5kgを上回った。
これだけの量があれば、家族全員で食べたとしても十分余るだろう。
そのお肉を持って家に入る。

「ただいま」

「お帰りなさい」

家に入ると母さんが待っていた。

「どうだった？」

「うん、まあ、大丈夫だったよ。はい、これ」

解体した肉を渡す。

「わあ、かなりの量ね。結構大変だったんじゃないの?」

「そうでもないよ。リュックに入れてきたから、それほど重さも感じなかったしね」

母さんは肉を受け取ると、そのまま台所に向かった。

俺は居間へ向かう。

居間には母さんを除いた俺の家族の全員がいた。

爺ちゃんと婆ちゃん、それと父さんだ。

そこに俺と母さんを合わせた5人が、俺の家族だ。

「拓也《たくや》、お帰り」

「ただいま、婆ちゃん」

「それで、洞窟はどうだったんだい？」

「まだ、ちょっとしか行ってないからはっきりとは言えないけど、なんとかなりそうだったよ」

「そうかい。危なくはないんだね？」

「今のところは大丈夫。それに、危険だと思ったらすぐに引き返すから平気だよ」

「そうしなよ。命があってこそだからね」

「分かってるよ」


俺はいつもの席に座り、料理が出来るのを待つ。

そうそう、今更だが俺の名は拓也。鈴木《すずき》拓也。

鈴木家の長男にして、１人息子だ。

年は32で、独身。

恋人はいない。

一応言っておくけど、童貞ではない。

ほ、本当だぞ。う　嘘じゃないからな

と、言っても、素人童貞なんだけどね。……はぁ。

恋人？

そんなもん、いた試しが、ない。

って言うか、どこに行けば手に入るの？

ねえ、教えて？

……ん、んん。話が逸れた。

俺の家は、農家だ。

で、俺はそれを継ぐことは決定している。

となると、俺と結婚する相手は農業でもオッケーでないとダメなわけで、今時の女性が農業をする人などほとんどいるわけがなく、恋人が出来るわけがない。

じゃあ、女性と出会える場は？　と聞かれたら、まあ、そういうお店、と言うしかないな。

お金は、そこそこ持っているので、高級な店に無駄に通わなければ、月に数回は遊ぶことが出来る。

と言うか、そういうことでしかお金を使うことがない。

あとは趣味であるゲームや小説（ラノベ）、漫画くらいしかお金を使わないから、そういうお店に行けるんだけどな。

ん？　オタクかって？

うん、俺はオタクだ。

って言うか、今の日本の若者でオタクじゃない奴のほうが少ないんじゃないか？


そうこうしていると、料理が運ばれて来た。

メインの料理はやはり肉だ。

俺が穫ってきた肉が大量にあるため、全部は使いきれていないみたいだが量は十分。

爺ちゃんと婆ちゃんはあまり肉を食べないのだが、今日はいつもより食べていた。

なんでも、俺が頑張って穫ってきたのだからとのこと。

それに、いつもの肉と比べて美味しく食べやすかったみたいで、それも合わさって普段より食べられたようだ。


結局料理に使った肉は半分にも満たなかったようで、かなりの量が余ったそうだ。

ああ、ポチにはすでに与えている。

で、残りの肉をどうするか少し考え、ニワトリに与えることにした。

そのために肉を細切れにし、ニワトリが食べやすいようにした。

それでも大した量にならなかったが、残りの肉は使い道があるので残すことにした。

食事も済み、ニワトリたちにも餌を与え終わり小屋に戻したので、今日の仕事は終わりだ。

明日のことを考え、鉈の手入れをすることにした。

といっても、鉈の手入れなんてよく分からないから、軽く水洗いをしてから手拭いで拭いて血糊《ちのり》を取るくらいしか出来なかったか。

しかし、こうやって鉈の手入れをしていると、あるゲームを思い出すな。

あの蝉の鳴くゲームを。

あのヒロイン、作中でも一番やばいキャラだったな。

あの病《や》みっぷりは半端なかった。

主人公と鉈でやり合う時に流れた曲は、なかなか気に入ってる。

まあ、あのゲームのお陰で病みヒロインに鉈というイメージがこびり付いて離れなくなったけども。

このヒロイン、メインヒロインかと思ったが、最後のほうだとサブヒロインに成り下がったんだよな。

このゲームのお陰で、武器に鉈もありというのが広がったよな。

今ではいろんな小説で鉈は武器として扱われているのが結構あるし、実際に扱ってみて分かったけど、結構扱いやすかった。

殺傷力も結構あったし、武器として扱うのに結構向いていると思う。

ただ、リーチが短い、という難点があるのが。

それに小説で知ったが剣鉈《けんなた》というものもあるらしい。

こっちの方が武器としてより向いてる。

うーん、明日にでも剣鉈を買いに行くかな。

それに、探宮者《たんきゅうしゃ》として登録しに行かないといけないしな。

探宮者にならずに迷宮に入ると、罰せられるらしいし。

犯罪者でなければ、探宮者になるのは難しくはないらしいから探宮者になっとかないと。

その帰りに剣鉈を買いに行けばいいな。

あとは、防具を買ったほうがいいのか？

でも、今のところ特に必要なさそうだけど。

うーん、ちょっとネットで調べてよさげなのがあったら買えばいいか。

よし、鉈の手入れはこれで完了。

後は、柄《え》が滑らないように何か巻いとくか。

刀の柄に布やらを巻いて滑り止めにしていたのをなんかの漫画で見たことがあったから、布を巻いておけばいいな。

巻き終わったら感触を確かめるために素振りをしてみる。

2度、3度と素振りをして大丈夫そうだと感じた。

そのまま素振りを続け攻撃のパターンを確かめる。

素振りは剣道と同じでいいだろう。

ある漫画で、剣の攻撃は9種類しかないとあった。

まあ、それはそのまま奥義《おうぎ》でもあったが。

ただ、この鉈だと8種類までしか出来ない。

一番殺傷力の高い突きが出来ない。

正確に言えば、鉈の先は尖っていないので突きをしても殺傷力が出ない、だろう。

それをどうにかするためにも剣鉈に買い替えるほうがいいか。

取り敢えず突きを除いた8種類の素振りを続ける。

気が付いたら、素振りを1時間以上行っていた。


ふう、結構汗をかいたな。

けど、思ったほど疲労がないな、なんでだ？


この時、俺は気づいていなかったが、ネズミを倒したことにより身体能力が上がっていた。

これは単に力が強くなるだけでなく、自然治癒力なども含まれている。

そのお陰で、以前と比べ疲れにくくなっていたのだ。

そして、ほかにも効果があったのだが、現段階ではその症状は目に見えて現れていなかったため
それは分からなかった。


その後は、風呂に入って汗を流した。

風呂から出ると、少しネットで防具の検索をしてから眠りについた。

明日は、役所に行って探宮者の資格を取らないとな。そして、武器を新調して、それからまた迷宮へ行こう。

そんなことを考え自然と眠りに落ちた。

第5話 ◉ 資格と買い物

Episode 5

翌日、目を覚ますとまず始めにいつもの日課をこなす。

ニワトリに餌を与えて卵を回収し、畑を見渡し水を撒く。

調合した農薬もどきは、まだ大丈夫のようだ。

後は朝ご飯を食べる。

食事を済ませると、卵を卸しに行く。

そのまま、役所に行く。

なんで役所に行くのかって？

探宮者の申請は役所でやっているからだよ。

日本だけでなく、ダンジョンの管理をしているのは国、政府がしている。

そのために、探宮者の管理も国が行っている。

探宮者になるのは簡単だ。

役所で探宮者の申請をすればほぼすんなりと探宮者になることが出来る。

まあ、その際少しお金が掛かるが、これは未成年が簡単に探宮者になれないようにするためであるらしい。

探宮者の申請の際に5万円の費用が掛かる。

うん、高いね。

社会人でも5万は高い。

これじゃあ高校生、いや、大学生でも厳しい。

しかも、未成年の場合は保護者の許可を得ないとダメなので、更に探宮者になり辛くなっている。

そのため、探宮者で中高生の数は圧倒的に少ない。

まあ、こうでもしないと世間がうるさいから仕方がない。


世間で思い出したが、一部の馬鹿な連中がいる。

動物保護団体だ。

ダンジョンに出てくるモンスターをただの動物として、モンスターの保護を訴えているのだ。

こいつらは一体何を考えているんだか。

モンスターは人間だけでなく、地上にいる生物に危害を与えているんだから、身の安全上、モンスターの殲滅は必然なのにな。

まあ、全部の動物保護団体のメンバーではないらしいけど、こういう一部の連中を抑えられていないので同罪だと思う。


おっと、役所が開いたな。

そんじゃ、申請してくるかな。

卵を卸して役所に来たが、開いていなかったため車の中で待っていたのだ。

車から降り役所の中に入って行く。

うーんっと、探宮者を扱う部門は、あ、あっちか。

窓口に行き、探宮者の申請をする。

こういう時、漫画やアニメだと他の探宮者に絡まれたりするものだが、そういったテンプレはない
理由は簡単で、警察官が常駐しているためだ。

もちろん、普通の警察官ではなく、ダンジョンに潜《もぐ》りモンスターを倒したことのある警察官だ。

でなければ、探宮者にただの警察官は歯が立たないのだ。

モンスターを倒して力を付けた探宮者とただの人（これは武道の達人も含める）では、大人と子供、いや、象と蟻くらいの差がある。

なんせ、素手でコンクリートをぶち破ることが出来るのだ。

人間１人で道具もなしでビルを解体したテレビ番組が以前やっているのを見た時は、どんなやらせだと思った。

けど、それが一切のやらせなしのガチだとその後の情報で分かったが。

で、探宮者の申請をしに来ている人は、ただの一般人。

ただの一般人が探宮の経験のある警察官に刃向かえるわけもなく、ここで騒ぎを起こせば即逮捕されるので、何も起こらないというわけだ。

とは言っても、全くないわけでもない。

脳足りんのバカはそんなことも分からず、騒いで警察のお世話になる奴が何人もいるみたいだ

で、そういう奴には探宮者の申請が通るわけがなく、無断で潜ろうとして見つかって捕まるんだよね。

探宮者の資格がない者が、ダンジョンに潜るのは重罪になる。

例え未遂であっても、潜ろうとしただけでも刑務所行きは確定である。

執行猶予はない。

但し、ダンジョンだと分からずに潜った場合は無罪になる。

なんせ、ダンジョンは潜ってみないとダンジョンなのか、ただの洞窟なのか判断出来ないからだ。

で、ダンジョンの場合は報《しら》せないといけないが、ダンジョンの数が多すぎて国でも管理し切れていないのが現状だ。

そのために、ダンジョンの危険度が低い場合は、基本放置になる。

一応、普通の人が潜り込まないように見張りは付けるらしいが、それも人数に余裕がある場合に限る。

人の余裕がない場合は封鎖して終わりになる。

なので、俺の庭に出来たアレがダンジョンだったとしても封鎖されて終わりになるだろう。

が、俺が代わりに管理すると言えば多分、なんとかなるだろうと思っているが、これは話してみないと分からないな。

ああ、探宮者の資格は無事に取れた。

ついでだから、庭のアレのことも話すか。

「すみません、ちょっといいですか？」

「はい、まだ何かありますか？」

「はい、実は俺の庭にダンジョンが出来たかもしれません」

「また、ですか」

「また？」

「ええ、そうなんです。この間、1週間くらい前にもダンジョンが発見されたんですよ。正直言って人手が足りなくて困ってます」

「はあ、そうなんですか」

「ええ、そうなんですよ全く。それで、場所はどこなんですか？」

「場所はですね……」

俺の住所を教えて、畑の穴の場所まで教える。

「分かりました。では、あとで人を派遣しますのでその時はお願いします」

「はい、分かりました」

「しかし、それがダンジョンだとしたら如何《いかが》しますか。今の現状だとそこまで手が回りませんよ」

「あの、でしたら俺が代わりに管理しましょうか？」

「え？」

「だって、俺の庭に出来たんですから俺が管理した方が早いと思います。それに攻略もしようと思いますし」

「そうして貰いますとこちらも助かりますが、私１人では判断出来ないので、そのことはまた後日でよろしいでしょうか？」

「ええ、構いません」

「では、そういう方向で話してみます」

「お願いします」

俺は席を立ち、役所から出て行く。


探宮者の資格は取ることが出来たな。

次は、武器の調達といきますか。


ダンジョンがあるために探宮者は武器を調達しなくてはいけない。

そのために武器を売る店が出来た。

但し、購入の際に探宮者の資格があるか確認出来ないと売ってもらえない。

この町にも、小さいながらも武器店はある。

とは言っても、俺は探宮者の資格がなかったので行くことがなかった。そのためにどんな武器を売っているのか知らない。

行ってみてのお楽しみってやつだ。

そんなわけで武器店へ向かう。
武器屋店へ辿り着いたわけだが、店の大きさはちょっと大きめのコンビニだな。
中へ入ってみる。
おお！
結構いろんな種類の武器があるな。
西洋の剣から刀、斧、槍、弓、薙刀《なぎなた》など。
それに武器だけでなく、防具も売っている。
盾に鎧・兜もある。
ふーむ、沢山あって見ていて楽しいわ。
っと、イカンイカン。
冷やかしに来たんじゃない、剣鉈を探しに来たんだった。
剣鉈剣鉈っと。
お？　スコップがあるぞ。
ただのスコップではない。
軍事用のスコップだ。
つまり、刃として使えるように研がれてあるのだ。
ここの店長、分かってるな。
スコップは近接武器として使えるのは一部では有名だ。

突いてよし、斬ってよし、叩いてよし、そして守ってよしと、一石二鳥どころか三鳥も四鳥もある万能武器と言われている。

スコップこそが最高の武器だと。

まあ、俺は使わないけどな。


スコップから目を離し、剣鉈を探す。

剣鉈は、あった。

但し、店の隅の方にな。

値段は1万3000円ちょい。

高いのか安いのかよく分からん。

まあいいや。

あとはなんか買うものあるか？

武器はこの剣鉈があればしばらくはいいだろうから、防具か。

よく見てみると、盾や鎧、兜だけでなく、安全靴や手袋、籠手《こて》？　ガントレット？　に脛当《すねあ》て？　レガース？　などもあった。

ただ、これらを揃えようとしたら完全に予算オーバーだ。

買うとしたら、緊急性の高いものだな。

そうなると、頭を護《まも》った方がいいか。

と言うことは兜だな。

こうやって見ると、兜と言うよりヘルメットだな。
しかも、これはあれだ。
警察が使っている奴だ。
頭だけでなく顔も守れるフェイスガード付きのヘルメット。
これだな。
あとは、この強化プラスチック製の盾も買いたいところだが、今回は諦めよう。
んじゃあ、会計を済ますか。
剣鉈とヘルメットを買って店を出る。

第6話◉沢山のネズミ

Episode 6

探宮者の資格を取り、買い物も済ませた俺は家に戻った。

戻って来るともうじき12時になるので、ダンジョン探索は止めておく。

ただ、買った剣鉈の感触を確かめるために、手に持ち素振りをしてみる。

昨日の夜のように剣道と同じ型の素振りをして鉈との違いを確かめたが、特に問題はなさそうだった。

あとは滑り止めとして布を巻き付けてから、また素振りをする。

右手、左手、両手と持ち替え滑らないことを確認出来たら、鞘《さや》にしまう。

時間的にもちょうどよかった。


昼食にはまたネズミの肉が出たが、それでも消費しきれていないので余った分は加工でもしたほうがいいかもしれない。

ポチにもネズミの肉は与えている。


食休みを取り、動いてもいいくらいになったので、洞窟、もうダンジョンと言っていいか、ダンジョンに潜る準備をする。

リュックに水筒とネズミの肉を入れて、ポチと一緒にダンジョンへ入る。

もちろん、買ったヘルメットと剣鉈を装備して、以前使っていた鉈は予備として一応身に付けている。

場合によっては二刀流で戦ってもいいかもしれない。

二刀流、なんか厨二心を刺激されるな。


ダンジョンに入ると、以前足止めされた場所へと向かう。

途中で、単体のネズミに会うことがあったが、今更1匹2匹なら何も問題はなかった。


そして、昨日進むことが出来なかったネズミが大量にいる広場の前に来た。

相変わらずすごい数だな。
20、いや、もっとか。
こんな数のネズミ、まともに戦えない。

しかーし、まともに戦わなければいい！

と言うわけで、こいつを取り出して投げ込もう。

リュックを降ろし、中からネズミの肉を取り出す。

ぶつ切りに切ってあるネズミの肉の塊を数個取り出す。

それを手に取ると、広場に向けてばらまく。

すると、案の定、ネズミたちは肉の争奪戦を始めた。

そして、完全に俺たちに対して無防備になる。


「よし！　ポチ、今だ‼」


そう言うと、ポチは勢いよくネズミに向かう。

俺もポチに遅れないように続く。

ポチは手近にいるネズミに噛み付くとそのまま食いちぎる。

それで、そのネズミをほぼ無力化する。

俺もネズミに近づくと、剣鉈を振り下ろし、脳天を叩き割る。

脳天でなかったとしても、首や胴を断ち切る。もしくはそれに近い状態にする。

そうすることでネズミは啼《な》き声を上げるが、ネズミたちは肉の争奪戦によって、ネズミたちが煩《うるさ》いほど騒いでいるので、俺たちに攻撃されたネズミの啼き声など、かき消されている。

その後も、ネズミたちを攻撃し、数を減らしていく。

また、ネズミたちも互いに攻撃しているので、自然と数が減っていったが。

全部のネズミを仕留めるのはかなりの時間が掛かった。

ネズミの死骸があっちこっちにあるが、その数50匹に近かった。

こんなにいたのか。

3分の1はネズミたちによる自滅だったとしても、30匹近くを俺とポチで仕留めたことになるのか。

さて、この大量のネズミはどうするか。

取り敢えず、リュックに入る分だけは確保しておこう。

そう決めると、リュックに入りそうな数だけのネズミの血抜きを始める。

残りのネズミに関しては、しばらく放置。

血抜きが終わり、リュックに詰めると、休憩することにした。

水筒を取り出し、水分補給をする。

ポチにも水筒の蓋に水を入れて与える。

すると、ポチも勢いよく水を飲み始めたのを見て、ポチも喉が乾いていたということが分かった。

水を飲み終えるとポチは俺に近づいて、そのまま伏せる。

俺も水分補給を終えて、水筒をしまうと、ポチを労《ねぎら》うためポチの背中を撫でてやる。

すると、ポチは嬉しいのか尻尾を激しく振り始めた。

休憩を済ますと、近くにあるネズミ1匹だけ解体を始める。

なんのためかって？

ほかのネズミが大量にいる広場に行き、同じことをするためだ。

結論から言うと、他の場所でもこの作戦は成功した。

ただし、無傷で、というわけにはいかなかったが。

ばら撒いた肉の量が少なかったのか、それともそれほど腹が減っていなかったのか分からなかったが、攻撃をしている時に数匹のネズミが俺に気づき反撃をしてきた。

1匹2匹なら問題なかったのだろうが、流石《さすが》に5匹が一斉に来たので攻撃を何度か喰らった。

そこで気が付いたのだが、ネズミの攻撃が思ったほど強く感じなかった。

実際、喰らったダメージもさほどではなかった。

ああ、ポチは無傷だぞ。

ポチの動きを見ていたが、反撃を喰らう前に全て潰していた。

どうやら、反撃をしそうな奴を見極めて、そういうのから潰していったようだ。

かなり賢い奴だ。


倒したネズミの数は全部で100を越えているだろう。

下手すると200近くになるかもしれない。

これだけ倒したんだから、流石に身体能力に変化があるだろう。

とは言っても、何がどう変わったのかは分からないが。

そうそう、戦闘中でもリュックは背負ったままで戦っていた。

そんなのを背負ったままだと邪魔になるだろうと言いたいんだろ？

まあ、確かにそうなんだけどさ。

けど、よく考えてくれ。

いつでも、都合良くリュックを下ろしている時間があると思うか？

今のところ、ポチのおかげでネズミが近づいてくると教えてもらえるが、不意を突かれることがその内あるだろう。

それにリュックを背負っておけば背中を守ることにもなる。

まあ、そう言う理由からリュックを下ろしていないんだが、ネズミと戦っている途中から、さほどリュックのことが気にならなくなったんだよな。

リュックの重さが変わったわけではない。

なのになぜか、あまり重いと感じない。

これは身体能力が向上したためかもしれない。


取り敢えず、昨日探索した場所は全て見て回った。

倒したネズミのほとんどを放置することになったのがかなりもったいないが、こればっかりは仕方がない。

泣く泣く、ネズミを諦めた。

マジックバッグがあれば話は違ったんだが。

え？　マジックバッグは何かって？

文字通り魔法の鞄だ。

別の言い方をすれば、アイテムボックスと言えば分かるだろうか。

要するに見た目に反して、容量が大きい鞄というものだ。

某漫画の猫型ロボットが身に付けている、不思議なポケットに似たものと言ったほうが分かりやすいかも。

マジックバッグにも物によって質が違うようで、上質なものだと容量に制限がないほど入るが、質が悪いと普通の鞄より多少入るくらいらしい。

それでも結構な値段がするらしい。

ネットで見たが最低の品でも数10万で、１００万を超えるものがほとんどで、とてもではないが手が出ない。

運よくこのダンジョンで見つかればいいんだがなあ。


時間を確認すると、18時を過ぎていた。

今日の探索はこれでおしまいだな。

手に持てるだけのネズミを持ち、ダンジョンを後にした。


ダンジョンから出て夕食にし、ニワトリたちを小屋に戻して餌を与える。

餌にネズミの肉を一緒に与えた。

ネズミの肉は大量にあるからな。

それに、もしかしたらこれで卵の質がよくなるかもしれないという打算もある。

そうなったら、卵が高く売れるかもな。

ネズミの解体をするが、今日は結構な量のために解体するのに時間が掛かった
あとは軽く素振りをしてから、風呂に入り眠りにつく。
明日はもっと長い時間をかけてダンジョンに入るつもりだ。
そうそう、役所から電話があったらしい。
ダンジョンかどうかを調べるために近いうちに来るそうだ。
で、管理のことはまだなんとも言えないそうで。
ただ、俺の言ったことを推奨するそうだ。
そうなれば、下手な奴らが来ないように出来ればいいな。
ここは農家だからあまり人が来てほしくはない。
出来ることなら俺１人で、このダンジョンを攻略したいものだ。
多分無理だろうけど。
無理だった場合は、これをきっかけに家の農作物をうまく売り込むことにしよう。
無農薬野菜は、今のヘルシー志向の人たちに人気だからな。
これによって、家の野菜に人気が出れば嬉しいんだが。
こればっかりは、やってみないと分からないか。

第7話◉調査のため

Episode 7

あれから3日経った。

前の2日はどうしていたかと言うと、特に変化はない。

朝起きたら、畑の手入れにニワトリの世話をし、そのあとはダンジョンに潜るという生活をしていた。

唯一変化があったとしたら、ダンジョンでさらに下へ行くための道を発見したくらいだろうか。

不思議なダンジョンシリーズのゲームのように、部屋の中に下へ行くための道があった。

行こうか迷ったのだが、まだこの階層の全てを見回っていなかったために行くことを止めた。


後は、ネズミの集団に餌をばら撒かなくても倒せるようになったことくらいか。

と言っても、そんなことが出来るようになったのは昨日の帰る間際のことだった。

それまでは餌をばら撒き、ネズミの注意力を分散させてから倒していたんだが、そうやってもネズミ全員の注意が餌に向かうわけではなく数匹は俺に向かって来たりしたが、それをあっさりと撃退することが出来たので、餌をばら撒かずに戦ってみたらどうなるか試してみたんだ。

すると、多少苦労はしたもののネズミを全て倒すことが出来た。

その時のネズミの数は60匹前後だった。

それを俺とポチで分けるようにして倒したわけだ。

始める時は腕試しの感じだったので、やばくなりそうだったらすぐに撤退するつもりだったんだが、思いがけずにネズミを全滅させた時は、ここまで力がついたのかと嬉しくなった。

とは言え、終わったばかりの時は疲労困憊でまともに動けなかったが。

動けるようになったらポチを労い、帰路に着いた。


で、家に帰ると役所から連絡があったらしく、今日ダンジョンを調査するらしい。

そのために、今日はまだダンジョンに潜ってはおらず、家で役所の人が来るのを待っている。

何時に来るとは言っていなかったので、下手に出かけることができない。

早く来ないかとイライラして待っていると、ようやく車が近づいて来る音がした。

そのまま、車は家の前で止まった。

玄関を出てみると家の前にワゴン車が止まっていた。

ワゴン車から下りてきたのは、探宮者になるために役所で手続きをしてくれた人だった。


「どうも、今日はよろしくお願いします」

「あ、はい、よろしくお願いします」

「では、早速ですがダンジョンはどちらに？」

「こっちです」

「あ、ちょっと待ってください。皆さん行きますよ」

役所の人はワゴン車に向かってそう言うと、中から人が下りてきた。
その数は5人。
5人共武装をしており、そういうことに慣れている人たちだということがすぐに分かった。

「この人たちは一体？」

「ああ、紹介を忘れてましたね。こちらの人たちは自衛隊の人たちです」

「自衛隊の……」

「はい、そうです。しかもダンジョン攻略専門の人たちです」

今の日本はダンジョン攻略にかなり力を入れている。

その主力を自衛隊が担《にな》っている。
とは言っても自衛隊の数にも限りがあるため、その不足分を民間から補うために探宮者が生まれた。
で、ここにいる自衛隊の人たちだが、かなり強いというのが分かる。
どのくらい強いのかは分からないが、俺程度が束になったとしても話にならないだろう。
そして、この中にいるある1人から感じるプレッシャーは、他の人達とは比べものにならないほどだった。
この人1人で、ここのダンジョンを攻略出来てしまうのではないかと思ってしまった。

「よろしくお願いします」

その人物から挨拶をされた。

「え、ええ。こちらこそ、よろしくお願いします」

「それでは案内をお願いします」

「はい、こちらです」

畑に出来たダンジョンに案内をする。

「ここです」

「これですか」

役所の人は穴を覗き込み、頷いていた。

「この中には入りましたか？」

「はい、入りました」

「どこまで入りました？　どんなのが出て来ましたか？」

「えーと、この場合1階でいいのかな？　入ったのは1階で、出て来たのはネズミでした」

「そうですか。ネズミが出るんですか」

「あの、何か問題でも？」

「問題、というほどではないんですが、ちょっと厄介《やっかい》だな、と」

「厄介、ですか？」

「ええ。ネズミ自体は然程《さほど》強いわけではないのですが、数が異様に多いんです。それで、何人もの探宮者がやられているんです」

「ああ、確かに」


戦った印象だと、ネズミはそれほど強くはない。

しかし、広場、ああ、この場合は部屋と言ったほうがいいのかな。

部屋には夥《おびただ》しいほどのネズミがいた。

あの数になんの準備もせずに挑めば、どうなるかは簡単に想像出来る。

数の暴力を覆《くつがえ》せる力があるのならともかく、そうでなければ対策もなしにあの数に挑むのは無謀だ。

俺は、餌をばら撒くという方法でどうにか出来たが、その方法を思いつかなかったらどうなっていたことやら。

「まあ、こちらにいる方たちでしたら問題はないでしょうか」


役人の人は自衛隊の人たちを見る。

俺もつられるように見る。

うん、この人たちなら問題ないな。

この人たちなら1階なら1人で行っても何も問題ないだろう。

なんせこの人たちの各1人の力は、俺とポチ、1人と1匹を合わせた力より上なのは確実。

と言うか、俺とポチを片手であしらえるくらい力があるだろうな。

正直、敵対したくない。

現に、ポチもこの人たちを警戒しているが、力の差が分かるのか尻尾を股の間に挟んでいるくらいだ。

この人たち、軽く人間の限界領域を超えているな。

人間破壊兵器と言っても違和感がないんじゃないだろうか？

多分だが、素手で戦車を壊せるじゃないか？

それくらいの力があったとしても何も不思議ではない。


「それで、この後はどうしますか？」

「そうですね……。もしよければ、この中を案内してもらえませんか？」

「それは構いませんが」

「では、お願いします」

「分かりました。では、少し待ってください」

ダンジョンに入るために装備を整える。

いつものように作業着にヘルメット、剣鉈にリュックサックを身に付けポチを連れて来る。

「では、行きましょう」

ダンジョンへと向かおうとすると、役所の人に呼び止められた。

「ちょ、ちょっと待ってください！」

「……なんでしょう？」

「その格好で行くんですか？」

「？　ええ、そうですが？」

「もう少し装備を整えたほうがいいのでは？」

「ああ、そういうことですか。大丈夫ですよ。今のところ、この格好でも問題ありませんでしたから。もし危なくなったらちゃんと買いますので」

「そうですか。貴方《あなた》がそう言うんでしたら、そのことについてはいいとしておきましょう。しかし、その犬も連れて行くんですか？」

「ええ、連れて行きますよ。ポチはかなり役に立ちますからね」

「大丈夫なんですか？　その犬に刃向かわれたりはしないんですか？」

「大丈夫ですよ。ポチは俺の言うことならちゃんと聞きますので」

そう言うと、ポチの頭を撫でる。

すると、ポチは喜ぶように尻尾を振る。

「それならいいのですが。でも、気を付けてくださいね。ダンジョンに犬を連れて行く人がいましたが、そのほとんどは犬に刃向かわれて命を落としていますので」


確かに、そういうニュースは聞いてはいた。

これは俺の予想だが、そいつらは犬を物扱いしていたのではないだろうか？

もしくは、犬に任せっきりで自分では何もしなかったのか、のどちらかなのでは？

犬にも感情はあるし、かなり上下関係に厳しいのが、犬の特徴だ。

犬が、自分のほうが上だと認識すれば言うことは聞かないし、歯向かう。

下手をすれば、大怪我を負うことだってある。

そんな犬が、ダンジョンでモンスターを倒して力を付けたらどうなるか？

自分がボスだと認識し、飼い主に歯向かうだろうな。

で、最悪殺してしまったんだろう。

多分、ポチは大丈夫だろう。

俺もモンスターを倒して力を付けているし、ちゃんと褒めて労い、褒美のお肉も与えている。

ポチも俺をしっかりと飼い主と認めているようだし、今のところはそういうことにはならないだろう。

と言うか、犬を使い捨ての道具のように扱う奴らの気がしれない。

ちゃんと犬を躾ければ、これ以上ないほどのパートナーになるのにな。

しっかりと飼う気持ちがないのなら飼うな！　って言いたい

「ええ、そうならないように気を付けます。では、行きましょう」

「そうですね」

7人と1匹でダンジョンに潜る。

第8話◉力の差

Episode 8

穴の中に入り、明かりの見える場所まで来た。

「ここからがダンジョンです」

「そうか。全員備えろ」

自衛隊の1人がそう言うと、全員が武器を取り出した。

1人は刀を、もう1人は銃剣を、もう1人は大剣を、自衛隊の中の紅一点の彼女は薙刀を取り出した。

そして、俺が1番注目している、1番強い人の武器を取り出した時、俺は目を見開いた。

そのことに、その人は気づいた。

「ん？　どうしました？」

「隊長、多分それが原因でしょ？」

「これか？」

隊長と呼ばれた人は武器を掲げた。

「そうそう、それそれ。普通は、そんなのを武器にはしないから」

「何を言う。これほどいい武器はないぞ！」

「そうなんでしょうけど、でもそれはないでしょう。それは武器じゃなくて工具です」

隊長が持っていたのはスコップだった。

そう、万能武器と言われているあのスコップだったのだ。

「ほら、見てください。この人が呆《あき》れてるじゃないですか」

と、俺を指した。

「いやいや、呆れてませんよ」

「え？　でも、驚いてましたよね」

「驚いた、というより感動してました」

「感動？」

「ええ、感動です。スコップを武器にしている人がいた、と」

「えーと、そのどこが感動なんです？」

「え⁉　あなた、自衛隊なのにスコップの万能説を知らないですか⁉」

俺の剣幕にその人は引いていた。

「スコップは第二次大戦の時、接近してきた敵を最も倒した武器で有名じゃないですか！　切ってよし、突いてよし、叩いてよし、守ってよし、という万能にして最高の武器、それがスコップじゃないですか‼」

そう言うと、隊長は俺の肩を掴んだ。

「君、分かっているね」

俺と隊長は頷き合った。

「うわー、ここにも隊長と似た人がいたよ」

そう言っている自衛隊員にさらに言う。

「それに海外ではスコップは普通に武器として使われてますよ？」

「エ⁉　ウソ⁉」

「本当ですよ。理由はスコップの利便性です。さっき言ったように、切っても突いても叩いてもいいし、楯のように守ることも出来ますし、何よりコストがよいというのが大きいみたいですね」

「コスト？」

「ええ、そうです。例えば貴方が持っているその刀。いくらしました？」

「ええっと、確か10万くらいしたかな？」

「その剣は？」

「7、8万くらいだったな」

「それくらいですよね。武器は安くっても数万円。高いと数10万を越えますよね。しか～し、スコップはせいぜい数1000円、高くても1万ちょいで買えます。そして、壊れたとしても買い替えやすい。なのに武器として優秀。これで採用されないわけがない!!」

「おお～、なるほど」

「という理由からスコップは海外ではよく使われてます」

「へえー、ちゃんと理由があって使われているのか」

「当たり前ですよ。理由もなしにスコップが武器として選ばれるわけないでしょうが。俺も、こう銃がなかったらスコップを選んでたでしょうね」

剣や刀はオタクとしては使ってみたいが、使い慣れていないものを使っても怪我のもと。

銃はたまに使っていたし、家にあったから使っているが、なかったらスコップを使っていただろうと確信が持てる。

しかし、自衛隊も軍人と言えるのにスコップの有用性を知らないなんてな。

第二次大戦でスコップが活躍したことを教えてもらわなかったのか？

まあ、いいか。


「それじゃあ、先に行きましょう」

「そうですね。行きましょう」


ポチを先頭に先に進んで行く。

しばらく進むといつものようにポチが足を止める。

それに伴い俺も足を止める。


「どうしたんだい？　急に止まったりして？」

「敵です。構えてください」

そう言うと、流石に百戦錬磨《ひゃくせんれんま》の自衛隊員たち。すぐに構える。

ちょっと経つと道の先からネズミが出てきた。

数は1匹。

「どうします？」

「そうですね。まずは俺たちで戦ってみます」

そう言うと、隊長が前に出る。

そして、スコップを構える。

そこにネズミが向かってくる。

さて、どうするのかな？

近づいてくるネズミに対して隊長がどう動くのか観察する。

ネズミが隊長のある一定の距離まで近づいた
するとネズミが急に吹き飛んだ。

……え？

何が起きた？


「うーん、このくらいか」

「大したことないですね、隊長」

「みたいだな。これなら初心者でもなんとかなるだろう。先に行きましょう」

そう言って、先に進んで行く。

俺はそれに反応が遅れた。

ちょっと遅れてついて行く。

進んで行くとき隣にいた自衛隊の女性に声を掛けた。

「あの、ちょっといいですか？」

「何？　ナンパならお断りよ」

「違いますよ。さっきのことです」

「さっきの？」

「さっき、隊長さんは何をしたんです？」

「ああ、あれ。スコップで突いただけよ」

「突きを……。全く見えなかった」

「しょうがないわよ。私だってやっと見えたくらいなんだから。だから気にすることはないわ」

「貴女《あなた》でもやっとなんですか⁉」

「ええ、そうよ。なんせ、私はこの隊じゃ一番弱いからね」

それを聞いて驚いた。

俺からみれば、この人も十分に化物クラスなのに、それでも隊長の動きを見るのがやっとだということが。

隊長は一体どれほどの強さがあるんだろうか？

今の俺じゃあ、その強さは分からない。

もっと力を付ければ分かるのだろうか？

それより、そこまでの強さを得ることが出来るのか？

分からない。

今は出来ることをやるしかない。

無理をせず、ゆっくりでいいから力を付けていこう。

多分、力を付けたとしても、それ以上の力をこの人たちは手に入れるんだろうけど。


その後も時折現れるネズミを自衛隊の人たちが順番に倒していく。

その動きはほとんど分からなかった。

何かをしたのは分かる。

だが、どう動いたのかは全く見えない。

腕がぶれたというのが見えたかと思ったら、ネズミが真っ二つになったり潰れてたりした。

レベルの差がありすぎて動きに全くついていけない。


そうこうしているうちにネズミが大量にいる広場に着いた。

「うわー、たくさんいるねぇ」

「ほんと。だからネズミは嫌なんだよね」

「どうするんです、隊長？」

「もちろん殲滅だ。いくぞ」

そう言うと、ズンズンと進んで行く。

「面倒くせえな」

「ぼやかない。行くよ」

「へーい」

残りの人たちも進む。

それを後ろで眺めている。

あれだね。よく小説とかで、雑魚相手に無双《むそう》するっていうのがあるじゃん？

ああいう場面ってさ、実際に会うとあれだね。

自分の無力を思い知らされるね。

何も出来ないって。


自衛隊の人たちは、片っ端から倒していく。

鎧袖一触《がいしゅういっしょく》と言うように、ネズミが何も出来ずにただただ倒されていく。

殲滅し終わったのは僅か1分に満たない時間だった。

ネズミの数は約１００匹ほどいたはずなのに。

俺とポチがこの数を相手取った場合、早くても10数分、長ければ30分以上はかかるはず。

それを僅《わず》か1分足らずで……。

しかも、余裕綽々《よゆうしゃくしゃく》でだ。

終わった時疲れを見せるどころか息を切らしてもいなかった。

力の差が激しく違いすぎる。


小説とかでは、冒険者駆け出しが高位冒険者に憧れを見せる場面とかあるが、とてもそんな気分にはなれない。

自分の無力感だけを感じる。

俺の様子が分かったのか、ポチが顔を擦り付けてくる。

それに対して頭を撫でてやる。

役所の人もこの時に俺の様子が変なことに気が付いた。

「どうなさいましたか？」

「ああ、大したことじゃないんですが、凄いなぁ、て」

「本当ですね。私なんかとても真似は出来ませんね」

「そうですね。本当に。……俺がいる必要が全くありませんね」

「そんなことありませんよ。貴方がいるからこそ、前もってどんなモンスターがいるのか分かりましたし、道も分かるんです。必要がないということはありませんよ」

「でも、戦闘では役に立てそうもありません」

「それは仕方がありませんよ。彼らはプロなんですから」

「そうなんですけど、だからと言って納得は出来ませんよ。[illegible]

ですが、そんなのは幻想だと突き付けられたんですから」

そう言うと、役所の人は黙ってしまった。

自衛隊の人たちは生き残りがいないことを確認して戻って来た。

「では、先に行きましょう」

それに促され、先に進んで行く。

第9話◉魔法陣とウサギ

Episode 9

その後も何事もなく順調に進み、下の階へ続く階段の前に辿り着いた。

「ここがそうです」

「ここから先は入ったことがないんでしたよね？」

「はい、まだ行ったことはありません」

「では、安全を取って私たちが先に行きましょう」

隊長がそう言い、自衛隊の人たちが下りていく。

そして、隊長、俺、ポチ、役所の人が残った。

「2人とも先に。俺は殿《しんがり》をしますので―

「そうですか。ではお先に行きます」

階段を下りたその先には、小さな小部屋というくらいのスペースがあった。

「どうやら問題はないみたいだな。では、あれがあるか探すぞ」

「「「はっ」」」

そう言うと自衛隊の人たちは壁を調べ始めた。

「あれは何をしているんですか？」

「あれですか。あれはある物を探しているんですよ。もう少し待ちましょう」

役所の人は含み笑いをしながらそう言ってきた。

感じが悪いが、俺の知らない何かがあるんだろう。

手伝おうにも何を探しているのか知らないので手伝うことができない。

しばらくすると、お目当ての物を見つけたようだ。

「隊長、ありました」

「そうか、あったか。これで、このダンジョンの攻略難易度が下がるな」

そう言って、探し物が見つかった壁に集まった。

壁には青い宝石のような物が嵌《はま》っていた。

「この宝石は一体？」

「まあ、見ていてください」

1人が宝石に手に触れる。

すると、壁が消えて人が1人通れるくらいのスペースが出来た。

その先には部屋らしいスペースがある。

その床には魔法陣らしきものが描かれている。

「あの部屋は一体？」

「ふふ、あれは帰還の魔法陣です」

「え？　帰還の？」

「そうです。あそこの上に立って帰還と言えば直接帰ることが出来るんです」

「え⁉　それってかなり便利じゃないですか⁉」

「ええ、かなり便利です。便利なのですが、ダンジョンの中でしか使えないのが難点ですが」

よく聞いてみると、この魔法陣、ほかの場所で使えないか調べてみたそうだが、上手くいっていないそうだ。

魔法陣を描くことには何も問題がないのだが、それが全く発動しないそうだ。

なのでどうすれば発動するのか、今後の研究にかかっているらしい。

「拓也さん、乗ってみたいですか？」

「もちろん！」

「どうでしょうか？　拓也さんに使わせてみても？」

役所の人は、隊長に問いかけた。

「そうですね。まずは、我々で使用してみて問題がなければ」

「だそうです。それまで待てますか？」

「ええ、何も問題ありません」

その後、自衛隊の２人が魔法陣の上に立ち合言葉を唱《とな》える。

「帰還」

すると魔法陣が光を放ち、数秒で収まるがそこには誰もいなかった。

それから数分経つとまた魔法陣が光を放つ。

光が収まると、そこには先ほどの２人がいる。

「大丈夫です。使っても問題はありません」

そのことを確認した隊長は俺に向き合った。

「どうやら問題はないようですので、使ってみますか？」

「はい！」

「では、魔法陣の上に乗ってください」

「分かりました」

足を進め、魔法陣の上に乗る。

ポチも一緒に来て、魔法陣の上でおすわりをして待つ。

そこに隊長が一緒に乗る。

「では、行きますよ。帰還」

すると、魔法陣が光を放つ。

光が収まると、見覚えのない部屋の中にいた。

封鎖された部屋ではなく、出口があったので出てみる。

その先は見覚えがあった。

それはダンジョン入り口付近であった。

これはかなりの短縮だな。

時間で言えば4、5時間くらいは短縮出来るはずだ。

「これで先ほどの場所に戻れるんですよね？」

「ええ、戻れますよ。現に我が隊の者が戻ってきたじゃないですか」

「あ！　そうでしたね」

そのことをすっかり忘れていた。

恥ずかしさの余りつい頭を掻いた。

「では、戻りましょうか？」

「そうですね。戻りましょう」

再び魔法陣に乗り、元の場所に戻った。

「どうします？　もう少し進みますか？」

役所の人は、隊長に聞いてきた。

「そうですね。もう少し調べたいので」

「分かりました。では、進みましょう」

「ちょっと待ってください。隊列を少し変えます」

「分かりました」

隊列は自衛隊の3人が前、残りの2人が後ろ、俺と役所の人が真ん中という隊列になった。
ポチは最前線にいる。
斥候《せっこう》代わりの役割を果たしているためだ。

しばらく進んでいると自衛隊の1人から声を掛けられた。

「君は、この階に来たのは初めてなんだよな？」

「ええ、そうですが？」

「ふーん。じゃあ、後でこの階のモンスターと戦ってみない？」

「おい！　何言ってるんだ‼」

「隊長、今が絶好のチャンスですよ」

「チャンス？」

「そうです。なぜなら、今なら我々のサポートを受けられます。しかし、今を逃せばこういう機会はまずそうないかと」

「ふむ、確かにそうだな」

それを認めると、隊長は俺をじっと見てくる。

「どうします？　戦ってみますか？」

そう言われ、少し悩んだ。
そのうち、この階には挑むつもりだった。
まだ、この階には早いかと思うが、サポートを受けられるならなんとかなるかもしれない。
そう考えると提案を受け入れた。

「サポートをしてくれるなら、戦ってみたいです」

「分かりました。では、その方向でいきます」

しばらく進むと、ポチが立ち止まり警戒をしている。
この先に敵がいるということだ。
そのことはここにいる全員が分かっている。

「拓也さんどうします？　戦いますか？」

「数が少なければ」

「そうですね。それがいいでしょう。数が多ければ我々が戦います」

しばらく待ってやって来たのは、一匹のウサギに似たモンスターだった。

「ウサギタイプか。これなら大丈夫そうだな。拓也さん」


隊長が俺を見てきた。

その目はどうするか？　と聞いてきている。

それに対して俺は頷き、前に進む。

俺が前に出た時、ポチが俺を見てやって来た。

そのポチの頭に手を置き、安心させる。

そのまま、前に出ると剣鉈を構える。

ウサギも俺を認識したのか、突進してくる。

その速度はネズミよりは速いが、対処できないほどではない。

タイミングを見て剣鉈を振ろうとしたが、ウサギは間近で横に飛び退《の》いた。

なんだ？　と思いつつウサギの動きを目で追うと、壁を蹴って横からの攻撃に変えていた。

三角跳びかよ！

その動きに慌てて剣鉈をウサギの動きに合わせる。

すると、キィンという、金属同士が当たったような甲高《かんだか》い音がした。

ウサギの攻撃を受け止めたのはいいが、少しバランスが崩れた。

体勢を整えウサギのいる場所へ振り向くが、そこにウサギはいなかった。

どこだ？　と思ったところで声が飛ぶ。


「上だ!!」


その声を聞くと同時に後ろに飛び退く。

それと同時に上から何かが降ってきた。

もし、飛び退いていなければ攻撃をもろに食らっていただろう。


あっぶねー。

完全に死角からの攻撃だった。

こいつ、ネズミとは比べ物にならないくらいに手強《てごわ》いぞ。


ウサギも、先ほどの攻撃で俺を仕留められると思ったのか、外した後体勢を整えるために後ろに飛び退いた。

しばらくにらみ合いが続いたが、しびれを切らしたのかウサギが動き出した。

ウサギは俺の周りを回りながら俺の様子を伺う。

俺もまた、ウサギから目を離さないようにしながら隙を窺う。

ぐるぐると俺の周りを回るウサギ。

なかなか隙がないために攻撃が出来ない。

ならば、あえて隙を作るか。

ウサギに合わせて俺も回っていたので、その時わざと目が回ってふらついたように振舞った。

案の定、ウサギはそれを隙と捉え、俺に飛び掛かってきた。


チャーンス。


俺はニヤリと笑った。

それをウサギは察したのか、焦りのようなものを感じた。

だが、すでにウサギは空中にいる。

この状態では羽がない限りどうにかは出来ないだろう。

ウサギから感じた焦りのようなものはすぐになくなり、代わりに何かを決めた覚悟のようなものを感じた。

俺はウサギの動きに合わせて、剣鉈を剣道で言う胴のように振るう。

それに合わせるように、ウサギの耳も動く。

剣鉈は、ウサギの顔からお尻へ抜けていった。

そして、ウサギが俺の横を通り抜けるが、その際脇腹に痛みが走った。

なんで痛みが走ったのか、見てみると、脇腹が切れていた。

傷自体は浅いが、ダンジョンに来て初めてまともな傷を負うことになった。

「お疲れ様。どうやら無事に倒せたみたいですね」

隊長が近づきながら声を掛けてきた。

「ええ、どうにか倒せました。けど、かなり手強かったです」

「でも、無理な相手ではないようですね。1対1なら問題ないようです。怪我は大丈夫ですか?」

「ええ、かすり傷程度です。後で軽く手当でもすれば大丈夫でしょう」

「しかし、これから先のことを考えると、流石にその格好ではマズイでしょう」

そう言われると、返す言葉がない。

今の格好は、ヘルメットはしているが、ほかが意味をなしていない。

作業着に靴だけ、という格好なのだ。

ネズミの時は、これで大丈夫だったので変えてなかったが、このウサギによって作業着を切り裂かれ肉体にまで傷を負った以上、さすがにこのままでいいはずがない。

後で防具を変えよう。そう心に決めた。

第10話◉スパルタ1

Episode 10

隊長は倒したウサギに近づき、切り口を見た。

「なかなかの切り口ですね。あなたの腕がいいのか、それともその武器がいいのか、どちらですかね？」

「たまたまだと思いますよ。この剣鉈も、俺の腕も大したことはないと思いますので」

「たまたま、上手く切れたと？　そういうこともありますね」

そこに他の自衛隊の人が口に出す。

「それよりも隊長、ここにブレードラビットが出るのは、ちょっと予想外じゃないですか？」

「そうですね。これじゃあ、ここのダンジョンは難易度を高めにしないと厳しいかな？」

「えーと、どうしてですか？」

なぜこのウサギが出ると難易度が上がるのだろうか？

「拓也さんは、ダンジョンに出るウサギのことはご存知ではないのですか？」

「ダンジョンに出るメジャーなモンスターを、軽く調べたくらいで、細かくは……」

「そうですか。では、詳しく説明しますね。

ウサギには大きく分けて3種類います。

1つは角が生えているホーンラビット、もう1つは格闘、特に蹴りを主体としたものでキックラビット、そして最後の耳が刃物ようになっているブレードラビット、と呼んでいます。

強さはホーンラビット≦ブレードラビット≦キックラビットですが、厄介さで言うとホーンラビット→キックラビット→ブレードラビットとなってます」

「キックラビットの方が強いのにブレードラビットのほうが厄介なんですか？」

「ええ、そうです。ブレードラビットのほうが厄介なんです」

「理由を聞いても？」

「もちろんです。

3種類のウサギの攻撃方法は名前で分かると思いますが、ホーンラビットは角を使った頭突き。キックラビットは蹴り主体の格闘。ブレードラビットは耳を刃物として切り掛かってきます。

ホーンラビットとキックラビットは単純で敵を見ると突撃してきますが、ブレードラビットは戦ったので分かると思いますが、真正面からは滅多に攻撃してきません。とにかく裏をかいてきます。奇襲やバックアタックなど、まともに攻撃してきません」

「探宮者達にとってこのブレードラビットが倒せるようになるかで、初心者かそうじゃないかを区別しています。別名初心者殺しと呼ばれています」

「そう言われているブレードラビットを倒したあなたは、もう初心者とは言えないわね」

「因《ちな》みにブレードラビットがなぜこんな戦い方をしているのか、いくつか推測がありますが、1番の理由が、武器である耳の刃物では硬い敵にはあまり効果が出ないためだ、と言われているからです。つまり、少しでも大きいダメージを与える場所を探るうちに、このような戦い方になったのでは？　と言われています」

なるほど。

確かに刃物はよっぽどの業物《わざもの》でなければ硬い物は切れないだろう。

なまくらの刀だと鎧の上から切ろうとして当たった瞬間折れたり、曲がったりするというし、このウサギもそれに近いものがあるのかも。

だから、よほどの業物か扱いに慣れた者以外の人は、刀は使わないほうがいいと言われているし。

西洋の剣は切る、ではなく、叩っ斬ることを想定に作られているから、剣の腕が悪くても扱えると聞いたことがあるな。

ん？　この剣鉈はどうなのかって？

鉈は薪《まき》や枝を斬り払うために作られているからかなり頑丈だし、乱暴に扱ってもそうそう壊れないように作られているから。

で、剣鉈は鉈の切っ先を尖らせただけ、と考えてもいいんじゃないかな？

そんな感覚で扱った感じでも大丈夫だったから。

今のところ刃こぼれもしてないし、しばらくは大丈夫だろう。


「そんなわけで、ブレードラビットは一種の鬼門なんですよ。初心者パーティーがこのブレードラビットによって全滅させられていることがありますし」

「そ、そうなんですか」

今更ながら冷や汗が背中に流れる。

下手を打っていたら、俺もやられていた可能性があったのだから。

「大丈夫ですよ」

「え？」

「今でしたら、私達が助けに入れますから」

どうやら、俺の不安が表情に出ていたみたいだ。

その不安を取り除くための、この発言だろう。

実際、この人たちが助けてくれるのなら、多少の怪我はしても致命的な怪我を負うことはまずないだろう。

そんな安心を感じていた。

「というわけですので、もう何回か戦ってみましょう」

「え？」

何を言っているんだこの人？

「ですから、ブレードラビットとあと何回か戦いましょう」

「えっと、あの」

「大丈夫です。危なくなればすぐに助けますから」

ニコニコとこれ以上ないほどの笑顔でそう言ってくる。

「あー、出たよ。隊長の悪い癖が」

「可哀想に」

隊員の人たちが俺を哀れむように見てきた。

「大丈夫なんですか？　彼は民間人なんですよ？」

「そこは大丈夫。隊長は、そういうのを分かった上でやってますから」

「それに見込みがありそうな人以外には、ああいうことはしませんし」

「そうそう、逆に見込みがない人にはもっと冷たいから」

「口調は丁寧なんだけど、言外に何もするな、っていう雰囲気を出すんだよな」

「あれが結構怖い」

「それと比べれば、まだまし、なのか？」

「さあ、どうだろう？」

少し離れたところで、そんなことを言っていたが、俺としては助けてほしかった。

この人から放たれているプレッシャーが半端ない。

断ったとしても「大丈夫ですから」とか言って無理やりやらされそうだ。

仕方がない、ここは腹をくくるしかないな。

「分かりました。やります」

「そうですか。では行きましょう」

隊長は笑顔でそう言う。

「そう言えば、そちらの犬、ポチでしたか？　の戦闘も見てみたいのですが？」

隊長はそう言ってきたので、ポチを見る。
ポチは俺を見てくる。
どうやらポチは俺の判断を待っているようだ。
俺もポチがここでやっていけるのか気になるところだ。
なので、次にウサギが出たらポチに戦わせてみよう。

「そうですね。ポチがここで通用するか調べたいですし、次にウサギが出たらポチに戦わせてもいいですか？」

「ええ、もちろんです。では、次はポチの番ですね」

そう決めて、次の獲物を求めて先へ進むことにした。
しばらく進み、次の獲物が現れた。
今度はウサギが3羽いた。

「どうします？」

流石に3羽同時に出るとは思わなかった。
俺とポチだけだったら即撤退だが、この人たちならこの数はなんの問題もないのだろうな。
ただ、これを俺とポチで戦うのはきついので、聞いてみた。

「もちろん戦いますよ」

「そうですか。それで誰が行くんですか？」

「あなたとポチですよ」

「……え？」

「ですから、あなたとポチで行ってください」

隊長は、笑顔でそう言ってきた。

俺は、助けを求めるように他の隊員に目を向けると、目を逸らされた。

「大丈夫です。危なくなったら助けますので」

「いや、いやいや無理でしょう！」

「そんなことはありませんよ。先ほどの戦いでウサギがどう動くか予想がつくはずです。ならば、それをもとに戦えば、この数はいけるはずです」

「いけるはず、って」

「それに見た感じだけですが、その犬、ポチはかなり強いですよね？」

そう言われると、俺は否定できない。

もともとポチは番犬にするために、かなりの訓練をしているので、犬としてかなり強いほうだ。

なんせ、この近くには野生のイノシシがたまに出たりするのだ。

それを追い払うためには、それなりの強さがないとイノシシを追い払うことが出来ない。

そんなポチがダンジョンでは、弱いとはいえ、かなりの数のネズミ型モンスターを倒しているのだ。

武器がなければ、俺ではポチに勝つことは難しいだろう。

下手すれば、熊よりも強いかもしれない。

それくらいの強さを身に付けている。


「沈黙は肯定と捉えます。では、ポチと上手くやってあのウサギたちを倒してください」


そう言われ、ため息をついた。

そしてポチを見る。

ポチはもう戦闘体勢に入っており、合図を出せばすぐさま襲いかかるだろう。

それを見て、覚悟を決めた。


「ポチ、ゴー!!」


合図を出すとポチは勢いよく飛び出す。

それに少し遅れるように俺も前へと走る。

ウサギたちは少し進んだところで俺たちに気づいた。

が、それは致命的に遅かった。

その時にはすでにポチが飛び掛かっており、1羽はポチの餌食にな
それに動揺しているうちに俺も追い付き、剣鉈を突き出す。

しかし、ウサギはその時には動揺を抑えたのか、飛んで回避する。

2羽は俺たちを見据える。

この時、すでにポチはウサギの首を噛み砕いて仕留めて、残りのウサギに注意を向けていた。

ウサギは左右に分かれ、壁や天井を使い動き回るが、着地の瞬間を狙ってポチが飛びかかる。

それに対抗しようと耳を振り回すが、ポチはその耳に噛み付く。

ポチは耳を咥《くわ》えたまま振り回し、壁や地面に叩き付ける。

もう1羽はまだ壁や天井を使って縦横無尽に飛び回るが、その動きに目が慣れ始めた。

そして、タイミングを見計らい、剣鉈を振るう。

振るった剣鉈はウサギの首を捉え、ウサギの頭を刎ねた。

ポチの方を見ると耳がちぎれ、首があらぬ方向に曲がったウサギを踏みしめていた。

どうやら無事に倒すことが出来たようだ。

第11話◉スパルタ2

Episode 11

まずは、ポチを褒めよう。

「よーしよし、ポチよくやった。おかげでだいぶ戦闘が楽になったぞ。ほんとよくやった」

ポチを撫で回し、褒めてやる。

ポチも嬉しいのか、尻尾を大きく振り俺の顔を舐めてくる
しばらくそうやってポチを褒めてやり、それが終わるとポチが仕留めたウサギの血抜きを始める。

そうすると隊長が声を掛けてきた。

「何をしているんです？」

「見て分かりませんか？　血抜きです」

「それは分かるんですが、なんでまた[illegible]」

「もちろん、持って帰るからですよ」

「持って帰る、ですか？　それなら耳だけで、いいじゃないですか」

「耳だけ？」

「ええ、そうです。このブレードラビットで、一番高く売れるのは耳ですよ」

「そうなんですか。因みに、幾らくらいになるんですか？」

「そうですね。状態がよければ2～3000円くらいでしょうか？　状態が悪いと捨値になりますが」

「そうですか。2～3000円、ね」

ここにあるウサギの状態を見る。

最初にポチが仕留めたウサギは、喉を噛み切っただけで他に傷はない。

2羽目は、耳を咥えて振り回したため、全身に傷だらけで左右の耳の状態もよくない。

そして、俺が仕留めたウサギだが、うまく首だけを刎ねることができたので、他に傷らしい傷はなかった。

取り敢えず、全部のウサギは血抜きをし、耳は状態のよさげな4つを切り取ることにした。

3羽は、血抜きをし終えるとリュックに仕舞う。

問題は切り取った耳だ。

どうやって持ち帰ればいいのか。

このまま仕舞えばリュックを傷つけてしまうし、このまま剥き出しで持って歩くわけにはいかない。

困っていると隊長が一言《ひとこと》言ってきた。

「取り敢えず、隅に置いといてはどうです？　帰るときに持って帰れば、それほど邪魔にもなりませんし」

「放置しておいて大丈夫なんですか？」

「多分大丈夫でしょう。ここには他の探宮者がいませんので盗《と》られることはまずありません」

「……そうですね。では、一旦ここに置いていきます」

耳は、一まとめにして道の隅に置いた。

「では、もう少し進みましょう」

そう言われて先へと進む。
しばらく進むと、隊長が俺の横にきた。

「先ほどの戦闘、かなりよかったですよ」

「ありがとうございます」

「後は、もう何回か数をこなせば下へ行っても通用するでしょう」

「そう、ですか？」

「ええ、そうです。実力から見て、もう初心者のクラスは超えています。中級者、とはいきませんが、一般クラスと言っても問題ないですね。探宮者になってまだ1週間経ってないんですよね？

あなた、素質がありますよ」

「あ、ありがとうございます」

その様子を見ていた隊員たちが驚いていた。

「へー、珍しい。隊長が褒めてるよ」

「本当だ。隊長が人を褒めるなんて、滅多にないのにな」

「ということは、本当に素質があるのかな？　だとしたら、今のうちにつばでも付けとこうかな」

「はっ。てめーみてーな、凶暴女なんかと付き合うわけねえだろうが」

「なんだって！」

「また始まった」

「いつものことだ。ほっとけ」

2人が口喧嘩を始めているのを、残りの2人は呆れた様子で見ていた
が、それも長くは続かない。
しばらく進むと、また、敵が現れた。
今度は、ウサギとネズミの混合だった。
ウサギが一羽とネズミが4匹だ。
それもまた、俺とポチが相手にすることになった。

ウサギは俺が相手にすることにし、残りのネズミはポチに頼んだ。

ウサギの行動パターンは、だいたい把握したので、タイミングを見て切り付ける。

少しタイミングが狂ったらしく、うまく首を刎ねることは出来なかったが、その代わりに胴を半ばまで切り裂いたので、結果は変わらずそれで終わりだった。

ポチのほうはネズミ相手に無双していた。

体当たりしてきたネズミを逆に弾きとばし、噛み付いてきてもひらりと躱《かわ》して頭を踏み潰したりと、余裕が見られる。

そんなポチだったが、俺がウサギを仕留めるのと同時に反撃に出た。

1番近くにいたネズミを咥え、振り回し、近くにいたネズミにぶつける。

それで怯《ひる》んだところに俺が後ろから切り付ける。

そうすると、ポチは咥えていたネズミの首を噛みちぎり、近くにいたネズミに襲いかかる。

俺も残りのほうに向かい、剣鉈を振るう。

剣鉈はネズミの頭を叩き割り、ネズミは絶命した。

ポチが襲い掛かったネズミも喉を噛み切られて絶命していた。

無事に倒し終わり、一息をつく。

「これだけの数を相手にしても問題ないみたいですね」

「ええ、これくらいならまだ大丈夫です。1階みたいに何10匹もいたら厳しいでしょうけど」

「ああ、確かに。……あれ？　そう言えば、1階ではどうしていたんですか？」

「どうしていた、とは？」

「あのネズミの大群ですよ」

「倒していましたが？」

「倒したって、あっさり言いますね。一体どうやってですか？」

「最初の頃は餌をばら撒いて、注意を逸らしてから襲い掛かっていました

「ああ、なるほど。それなら倒せますね。……ちょっと待ってください。最初の頃は、と言いました？」

「言いましたが、それが？」

「今はどうやって倒しています？」

「普通に挑んで倒してますが？」

それが何か問題でも、というふうに聞いて見たが、どうやら問題があるようだ。

隊長の顔が困惑しているように見える。

それと同時に何やら小さく呟いている。

「あのー、どうかしたんですか？」

そう呼びかけて、ようやく我に返ったようだ。

「いえ、なんでもありません。それで、どれくらいの時間でネズミを倒し終わりますか？」

「えーと、そうですね。ネズミの数によって異なりますが、30分から1時間くらいでしょうか?」

「あなたと、その犬のポチだけで、ですよね?」

「ええ、そうですよ」

「そうですか」

「あの、何か問題でも?」

「いえいえ、何も問題ありませんよ。そうですね……。引き返しましょう」

「え? 引き返すんですか? 分かりました」

なぜ引き返すのか分からなかったが、そう言われた以上、引き返すのに否《いな》はない。

引き返すとき自衛隊の人たちが集まり、小声で何か言っていたがはっきりとは聞き取れなかった。

聞き取れたのは「あの大群を」とか「あり得ない」なんというものだった。

「あり得ない」というのはよく分からなかったが、「あの大群を」というのは、ネズミの大群というのは予想がついた。

引き返す時に、ウサギの耳を持って行くのを忘れずにいたので、しっかりと持って行く。

そして、階段のところに着いたので、魔法陣で帰るのかな、と思っていたがそうではなかった。

「1階に行きましょう。まだ、行っていない広場にはまだネズミの大群がいるんですよね？」

「ええ、そのはずですが」

「では、そこに向かいましょう」

そう言われ、階段を上り、まだ行っていない広場へと向かう。

そして、ネズミが大量にいる広場の前に辿り着いた。

「どうですか？　この数のネズミを相手に、倒せますか？」

広場にいるネズミの数を確認する。

ネズミは動いているので正確な数はわからないが、大雑把な数は予測出来る。

ネズミの数は30から40といったところだろう。
この数は少ないほうだ。
これならなんとかなる。

「ええ、これくらいなら大丈夫です」

「そうですか。なら、戦ってください」

ポチに目を向け、戦いに行こうとした。
が、その寸前で、前に立ち塞がった人がいた。
それは役所の人だった。

「ちょっと待ってください。この人はまだ、探宮者になったばかりですよ。この数のネズミを相手にするには無謀です！」

「ですが、彼はすでに相手にしているそうですよ。ですよね？」

隊長は俺に確認してきたので、頷く。

「ほら、彼もそう言っているし」

「ですが」

「それに、もし危険だと判断したら、私たちが助けに行きますので」

「……そう言うなら」

しぶしぶ、役所の人は引き退《さが》った。

「すみません。時間を取らせました。では、改めてお願いします」

今度は、誰にも邪魔をされずにネズミに向かうことが出来た。
ネズミに近づくと、ネズミたちが威嚇《いかく》してくる。
この数のネズミになるとかなりの圧力になるが、それに怯まずに進む。
そして、ある程度近づくとネズミたちが襲い掛かってきた。
そのネズミたちを迎え撃つため、剣鉈を構える。

第12話◉スパルタ3

Episode 12

ネズミの群れが襲ってくる。
その群れに向かってポチは飛び込んでいく。
ポチが飛び込んだおかげで、ネズミの群れの動きに乱れが生じる。
その乱れに乗じて、すぐさまポチは群れの中から飛び出す。
そして、別の方向から飛び込み、すぐに飛び出す。
ヒットアンドアウェイ戦法ぽいな。
それとは別に俺のほうにもネズミが向かって来る。
突出しているのは3匹。
真ん中のネズミは、そのまま進んで来る。
狙いはどうやら俺の足らしい。
左右にいたネズミは、飛んで俺の上半身を狙ってくる。
それに対し俺は、足を狙ってきたネズミの顔にサッカーキックをかましてやる。
蹴った瞬間に、ボキッと鈍い音がする。
これは俺の足の骨が折れた音ではない。
どうやら蹴った衝撃により、ネズミの首の骨が耐えきれずに折れたようだ。

そのまま、そのネズミは吹き飛び後続たちを巻き込んでいく
飛びかかってきたネズミに対しては、剣鉈の側面を使い軽く叩いてやった。

たいして力を入れていないのでダメージはそれほどではないと思うが、それでも鉄製の剣鉈で叩いたので、それなりに痛いだろう。

ネズミは、剣鉈で叩かれた衝撃で進行方向がずれて、俺の横を通り過ぎる。

俺はそのまま前に突っ込み、蹴っ飛ばしたネズミにぶつかり体勢の崩しているネズミを狙って剣鉈を突き刺す。

1匹2匹3匹と刺したところで、他のネズミたちが襲ってきた。

前方の左右から、ネズミが次々を飛び掛かってくる。

それを剣鉈で弾いていく。

その時に、上手く切り付けられる時は切り付け、無理だった場合はただ弾くか、上体を反らして躱すしかなかった。

時間が経つと、前方だけでなく回り込んできたネズミが、後方からも襲って来る。

流石に、後方から襲って来たネズミは、対処が厳しい。

神経を尖らし、襲って来るタイミングを読んで躱し、擦れ違い様《ざま》に切り付ける。

しかし、どんなに集中していても、全てを躱しきれない時は、敢えて体をぶつけ弾き飛ばす。

中国拳法か何かにある、背中からの体当たりみたいなことをして、だ。

場所によってはショルダータックルだったり、肘打ちだったりするが。

そうすることで、ネズミが噛み付くタイミングをずらすことが出来、被害を最小限に抑えること

が出来た。

そうやって、少しずつネズミにダメージを与えながら、俺にダメージを負わないように工夫する。

しばらくはそうするしかないが、時間が経つにつれ、ネズミの動きが鈍り出す。

ようやく、待ち望んだ反撃の機会が来た。

この機会に一気に前に出て、ネズミたちを切り付けていく。

動きの鈍ったネズミは、俺の動きについてこれず、上手く躱せず切られていく。

1回目に切り付けても仕留めることが出来なかったとしても、負ったその傷のために、動きが鈍って2回目か3回目で仕留めることが出来る。

少しずつネズミの数を減らしていき、そして、ついに襲い掛かってくるネズミがいなくなる。

ポチも奮戦していたのが視界の隅で見えていたため心配していなかったが、その時にはポチも戦いが終わっていた。

ポチのあっちこっちに血がついていたので、怪我をしたのか確認するが、怪我らしい怪我はなかった。

どうやら返り血のようだった。

そのことが分かり一安心した。

そのあとは、完全に仕留め切れていなかったネズミを探し、止《とど》めを刺していった。

全てが終わった時には、かなりの時間が経っていた。

「終わりましたね」

全てが終わった時、隊長が声を掛けてきた。

「ええ、なんとか」

「しかし、本当に、この数のネズミを倒せるとは思いませんでしたよ」

「そうなんですか？」

「ええ。いつでも助けに入れるように準備していたのですが、無用の心配でしたね」

「でしたら、少しだけでも数を減らして欲しかったですよ」

「それじゃあ、貴方のためにはならないじゃないですか」

この人、本当にスパルタだな。

他の隊員に目を向けると、「諦めろ」とか「そういう人だから」とか言っていた。

「ネズミの数は、もう少し多くてもいけますか？」

「あー、どうでしょう？　やってみないとわかりませんね」

「今のが終わった時、どんな感じでしたか？」

「かなり疲れましたよ。もし、もう1回やれって言われたら、休まないと無理ですね」

「なるほど、そうですか」

何が「なるほど」なんだ？

まさか、もう1度やれとか？

そいつは、ちょっと勘弁してほしいな。

「さて、時間もだいぶ経ちましたし、そろそろ帰りましょう」

隊長がそう言った時は、正直助かったと思った。

現在地から戻る場合、そのまま引き返すより2階に行って魔法陣を使ったほうが早いということになり、2階を目指すことになった。

2階を目指している最中、隊長に声を掛けられた。

「拓也さん、ちょっといいですか？」

「ええ、なんでしょう」

「この後、このダンジョンを、どう攻略していく予定ですか？」

いきなり何を聞いてくるんだ、この人は。

「えーとですね。しばらくは、1階でネズミを相手にしていようかと。そう思ってますが？」

「そうですか。それでいいと思いますよ」

あれ？

予想と違ったな。

てっきり、2階でウサギを相手にしろ、と言うと思ったんだが？

「不思議そうな顔をしていますね。意外でしたか？」

「え、ええ。てっきり、ウサギを相手にしろ、と言うかと思いました」

「私も、最初はそうさせようと思ったんですよ」

「じゃあ、何故？」

「それはですね、貴方がネズミの大群を相手取《あいてど》れると、分かったからです」

「……は？」

「ネズミとウサギでは、ウサギのほうが強い。これは分かりますね？」

「ええ、分かります」

「けど、ウサギはあまり群れません。

群れても2、3羽、多くても5羽くらいでしょうか？

それに対しネズミは、貴方も知っての通りかなり群れます。

多いと１００匹以上の時もあります。そうなると、どちらが困難かと言[illegible]す」

確かに。

ウサギの動きに最初は戸惑ったが、慣れてしまえばネズミの大群を相手にするよりはるかに楽だ。

もちろん、だからと言って油断出来る相手ではないが。

「それにネズミの大群を倒せるなら、ウサギをちまちま狩るより、よっぽど力が付きます。

そうですね、倒した時に手に入る力が、ネズミが1だとしたらウサギは1.5くらいから2くらい、多く見積もっても3はいかないでしょう。

それだけをみると、ウサギを倒したほうが効率はよさそうですが、遭遇する時、ウサギはほとんど1羽ですが、ネズミは何10匹です。

ウサギを時間をかけて探して倒すより、ネズミの大群を倒したほうが効率はよいです」

そう言われると反論出来ない。

1日かけてウサギを10羽倒せたとしても手に入る力が15から20くらいだが、ネズミの群れは今のところ最小でも30匹以上だ。

それを倒すことが出来れば30以上の力が入る。

そう考えると、2階でレベル上げするより、1階でレベル上げしたほうが効率はよい。

そして、それを俺とポチは行うことが出来る。


「普通はネズミの群れを倒す場合、チームを組むんですよ。10人くらいで。なのに貴方は、苦戦しているとは言え、ポチとで倒すことが出来る。はっきり言って異常ですよ、これは」


そうなのか？

他の探宮者がどう活動しているのか、知らないから分からなかったが、どうやらおかしいらしい。

けど、こいつらに餌をばら撒けば、誰にでも出来ると思うけどな。


「だけど、納得できました。貴方がどうして、こんな短時間で力を付けることが出来たのか、と」


俺も言われて、分かった。

俺って、かなり効率よく力を付けることが出来たらしい。

あ、ちなみに力というのは、身体的向上だけじゃないぞ。

戦うための術を含めた、全ての力のことだ。

身体的向上はあるが、まだそれほどじゃないからな

この人たちを見たらそう思う。

「おっと。話をしていたらちょっと遅れてしまいましたね。先を行きましょう」

他の人たちの後ろをついていき、2階を経由してダンジョンから出た。

第13話 ◉ ウサギの肉

Episode 13

ダンジョンから出ると役所の人が向かって来た。

「ダンジョンの案内、ありがとうございました」

「いえいえ。これくらいなら、いつでも構いませんよ」

「では、我々はこれで失礼させていただきます」

「あ、はい。ご苦労様でした」

役所の人は、お辞儀をして去って行く。

自衛隊の人たちも一礼して、その後をついて行く。

役所の人たちが完全に立ち去るまで見送る。

そして、完全に見えなくなると、思わずため息が出た。

自覚がなかったが、かなりの疲労があったようだ。

それが今、分かった。

まあ、無理もないか。

あの自衛隊の人たちに囲まれて緊張するなというのが無理というもの。

あの人たちがその気になったら、俺なんか瞬殺《しゅんさつ》だっただろうしな。

何も分からないまま、気づかずに殺されるだろう。

それだけの実力の差がある。

その実力の差を埋めようとするならば、今まで以上のペースでモンスターを倒さないといけない、か。

いや、そもそも埋められるのか？

俺がモンスターを倒して力を手に入れる以上の力を、あの人たちは簡単に手に入れられるはず。

力の差を埋めるには、あの人たち以上の力を得なければならない。

仮にあの人たちが倒しているモンスターから手に入る力が１００だとしたら、１０１以上の力が手に入らなければ差は埋まらない。

けど、今の俺じゃあ、１００どころか10にも至っているのかどうかだろう。もしかしたら1にもなっていないかもしれない。

そう考え、とてつもない憂鬱《ゆううつ》さを感じた。

そんな俺の様子から何かを感じたのか、ポチが俺をじっと見てきた。

そのポチを見て、思わず苦笑をしてしまった。

そしてポチの頭を撫でる。

そのまましばらくポチを撫で、心を癒し、心が落ち着いたところで、家に帰ることにした。

この時、ポチがいてよかったと、心の底から思った。

もしいなかったら、この落ち込んだ気持ちをどう持ち直すことが出来たか、分からなかった。


家に戻った俺は、まず始めにウサギの解体を始めた。

ネズミと少し骨格が違うが、大きく変わらないのでスムーズに解体が進む。

全てのウサギを解体し終えたので、それを持って家の中に入る。


「ただいまー」

家に入った俺を迎えてくれたのは、母さんだった。


「あら、お帰り。どうだったの?」

「大丈夫だったよ。何も問題ない」

「そう。ならよかった」

「はい、これ」

そう言って差し出したのは、先ほど解体したウサギの肉だ。

「あら、今日も持ってきたの？　まだ結構お肉余ってるわよ」

「その肉、ネズミじゃなくってウサギの肉だから」

「ウサギ？」

「そう。今日は、自衛隊の人たちがいたから、ダンジョンの攻略が進んでね。で、ウサギみたいなモンスターが出たから、それを持ち帰ってきた」

「へぇ～、ウサギの肉ね。ネズミより美味しいのかしら？」

「多分な」

「わかったわ。じゃあ、今日はこのお肉を使って料理をするわ」

「頼んだ。もし美味しかったら、これからはネズミじゃなくて、ウサギに切り替えるから」

「そうね。こっちのほうが美味しかったら、そうしてね」

「ああ、そうそう。分かってると思うけど」

「ポチにも、この肉を与えればいいんでしょ？」

「そう。ポチがいたから、ウサギの肉が手に入ったようなものだからね」

「うちのポチは優秀ね！　他の犬だったらこうはいかなかったんじゃないの～？」

「だろうね」


確かにうちのポチは優秀だ。他の犬と比べてもポチほどの犬はそういないだろう。しっかりと躾てやれば、うちのポチと同じくらいのことが出来るようになるかもしれないが、だが、モンスターを一緒に戦うことが出来るかというと、そこは疑問符が付くな。

主従関係がしっかりとしていれば可能だが、ただ主従関係が出来ているだけの犬ではモンスターとは戦えない。

大体の家だと、犬をただのペットとして飼っているだ[illegible]まで[illegible]

番犬として飼っている犬なら戦えるかもしれないが、ちゃんと主従関係が結べているか？　と疑問に感じるところがある家が結構あるしな。

猟犬として飼っているところなら可能かもしれない。だが、果たしてモンスターと戦わせるだろうか？

猟犬として育てるのは、かなり苦労すると聞く。

番犬なら訓練施設にでも預ければ、お金はかかるが出来ないことはない。

しかし、訓練施設で猟犬として育ててくれるだろうか？

俺は、そんな施設があると聞いたことがない。

もしかしたらあるのかもしれないが、お金で手っ取り早く手にした猟犬が、バブル時代でひどい目にあったと聞いたことがある。

その時代に狩りが流行《はや》ったらしく、趣味感覚で始めてその時に猟犬を買い、狩りに飽きたら猟犬を捨てたそうだ。

それを知った時、俺は頭にきたね!!

ちゃんと最後まで面倒が見切れないのなら、飼うな！　と。

せめて飼えなくなったのなら、その後の始末までしっかりやれ!!

愛犬家なら、いや、動物をちゃんと飼っている人たちは、こういう人たちには怒りを感じるだろうな。

今思い出しても腹がたつ。

あー、やめやめ。
こんなこと考えていてもいいことなんかない。
切り替えよう。

「じゃ、飯が出来るまで居間で待ってるよ」

「分かったわ。それじゃあ、もう少し待ってね」

「分かった」

居間に移動し、夕食が出来るまでテレビを見て時間を潰した。
そして、夕食が出来たらしく、料理が並ぶ。
ウサギの肉は、生姜焼きや野菜炒めなどに使われていた。
まずは生姜焼きを食べてみる。
食べてみて思ったのは？
まず、肉汁が凄い。
噛む毎《ごと》に肉汁が溢れ出て、肉の旨味も溢れ出る。
その旨味は、今まで味わったことがないほどの旨味だ。
あまりの旨さに、ご飯が進む進む。

思わず、その生姜焼きだけでご飯一杯を食べてしまった。

そのままおかわりを頼む。

次は野菜炒めだ。

野菜炒めを口に運ぶ。

野菜に肉汁が絡んで旨味が増している。

肉だけでも旨いのに、野菜まで旨くなれば箸が止まらない。

気が付けば、皿に盛ってあった野菜炒めがなくなっていた。

もちろんご飯も完食だ。

やばいな。

ネズミなんか、比べ物にならないくらい旨いぞ。

これからは、ウサギは必ず狩ろう。

ウサギより旨いものがあったらそれに切り替えるが、それまではウサギは絶対に狩る！

家族からもウサギの肉は好評で、手に入れたウサギ肉はその日のうちに食べきってしまったそうだ。

量は数kgあったはずなのにな。

それだけ美味しかったということだ。

うーん、高級な牛肉とどっちが美味しいんだろうな？

食べたことがないから比べようがない。

分かるのは、今まで食べてきた肉とは比べ物にならないほど美味しかったということだ。

次にダンジョンに行ったら、まず最初にウサギを狩ろう。

で、リュックがいっぱいになったら、ネズミに切り替えよう。

ウサギの味を知ってしまった今では、ネズミのお肉なんかもういらないな。

残っているネズミ肉は、ニワトリに全部与えよう。

ウサギ肉も余ったら、ニワトリに与えるか。

美味しい餌を与えると卵も美味しくなる、と聞いているしな。

上手くいけば、高級卵として売れるようになるかもしれないし。

そうなったら儲けもんだな。

ま、そこまで期待していないからいいけどね。

明日はまず、防具を買いに行こう。

しばらくは1階のネズミだけを相手にするつもりだったから防具を買うつもりはなかったけど、2階に出てくるウサギを相手にするにはちゃんと防具を身に着けないと命に関わるからな。

けど、防具は高いんだよなー。

武器なんかとは比べ物にならないほど高い。

まあ、命に比べればお金はいくら使ってもいいか。

取り敢えず、銀行で下ろせるだけ下ろしてから防具を買いに行こう。

500万ほど預けてあったから、300万を下ろせば足りるはず。

それで買えればいいんだけど、もし買えなかったら、ローンを組むしかないか。

ま、いくら掛かるかは、明日行って見ないと分からないな
今日はもう休んで明日に備えよう。
時間は早いがさっさと風呂に入り、そのままベッドに入り眠りについた。

第14話◉イベント1

Episode 14

翌日、いつものように早朝に畑の様子を見て、状態によっては手入れをして、ニワトリたちに餌をあげてから朝食を摂《と》る。

そして、少し食休みをしてから、ウサギ対策のために買い物に出ようと準備をした時に、母親から出掛けることを止められた。

「なんだよ、なんかあるのか？」

「あるから呼び止めたのよ。はい、これ」

そう言われて、渡されたのはスーツだった。

「スーツ？　どこかの結婚式に行くのか？」

「結婚式じゃないけど、近いものに出てもらうわ」

「なんだよ、それは？」

「まあ、待ってなさい。もう少ししたら迎えが来るから。それまでに着替えておきなさいよ」

そう言う母さんの顔が、にやけていた。

なんとなく、いや〜な予感がするものの渋々スーツに着替えて迎えが来るのを待つ。

どれくらい待っただろうか。

しばらく待つと家に車が来た。

そして、チャイムが鳴る。

「すみませーん。迎えに来ましたー」

「はーい。今、行きまーす。ほら、来たわよ」

仕方がない。

行くか。

立ち上がり、玄関を出て外に出る。

そこにいたのは地区の役員のおじさんだった。

「お！　拓也くん、決まってるね～。じゃ、行こうか」

「あの～、どこに行くんですか？」

「あれ？　知らないのかい？」

「ええ、何も。いきなりスーツを渡されて、迎えが来るから着替えて待ってろ、としか」

「ああ、なるほどねえ。それなら目的地に着くまで内緒にしておこうか」

役員のおじさんがイタズラを思いついたようにニヤリとしている。

この顔を見てろくなものじゃないな、と分かった。

仕方がなく、車に乗り込む。

役員の人も乗って車は発進する。

目的地に着くまでにちょっとした雑談をしたもの、どこに連れて行くのか、また、どういうことをするのかは教えてくれなかった。

車が着いた場所は、小学校の体育館前だった。

そして、体育館前の看板には『〇〇町お見合い会場』と書いてあった。

「おじさん。もしかして、これ？」

俺は看板を指差しながら尋ねる。

すると、役員のおじさんは頷いた。

「そうだよ。今、この町の若者がどんどん出て行っているだろう？　だから、まだ結婚していない若者たちに出会いの場を作って結婚をしてもらい、この街に残ってもらおうと、このイベントを起こしたんだよ」

「ああ、あれね。テレビでやってた、集団お見合いってやつか」

「そう、それ。そうゆうことでもしないと、この町にくる若い人たちなんて滅多にいないだろ？」

確かに。

大した名物もない田舎町じゃ、観光で来る人なんか滅多にいない。

ここに来るのはほとんどが出て行った人が一緒に連れてくるか、仕事の関係上のどちらかだろう。

で、帰ってくる人は一時的に帰省する人ばかりだし、仕事で来た人たちも単身赴任が多い。

そうなると、他のところに出て行く人たちの方が多いので人口が減っていく一方だ。

「はあ、まあいいですけどね。んじゃ、俺は帰ります」

そう言って身を翻《ひるがえ》す。

すると、役員のおじさんが慌てて俺の腕を掴んだ。

「ちょ、ちょっと拓也くん、どこに行くんだい？」

「どこって、帰るんですよ。家に」

「ダメだよ。独身の男性は強制参加なんだから」

「はあ!?　何それ!?」

「この町に残っている若い男性のほとんどは、家を継ぐために残っている者が大半なんだ。それは分かっているよね？」

「ええ、分かりますよ。俺も、その[illegible]

「で、その若い男性は出会いの場がなくって独身の者が多い。そうなると、子供が増えないから人口が減る」

まあ、当然の流れだな。

「それを阻止するために今回のイベントを起こしたのに、その1人の拓也くんが帰ったら無駄になるだろう」

「いやいやいやいや。俺1人くらい出なくったって、それ程変わんないでしょう?」

「いーや、変わる。いいかい。もし、このイベントに拓也くんが出て、素敵な女性と結ばれるとしよう。そうすると、何事もなければ子供が出来る。それだけで最低でも人口が2人増えることになるんだぞ」

「たった2人でしょう?　そんなに変わらないって」

「変わる。なぜなら、子供が出来たら、その子供が大人になれば普通は結婚することになるだろう。そしたら、それでまた人口が増えることになる。そして孫が同じことをすればまた増える。ほら、そうなるとかなり人口が増えることになるじゃないか」

「そうなれば、でしょ？　なってもいないのに、そんなことを考える意味ないじゃん」

「だが、拓也くんが出れば可能性はある。帰ってしまったら、可能性はなくなる。だから、帰すわけにはいかない」


うわぁ、面倒クセェ。

なんで人の人生にそこまで入れ込めるかなぁ。

たまに聞く、お見合いを勧める人と同じタイプか？

人口が減っているのは確かに問題かもしれないけど、結婚するしないは個人の自由なんだから、こういうに出るのかどうかも自由に決めさせてくれよなぁ。

しかも、話をしている最中に他の役員の人たちも来てるし、逃がさないようにじわじわ囲むの、やめてくれない？

おかげでほかの人たちも来て、囲みが厚くなってるから逃げるのは難しくなってるじゃんかよ。

仕方がない、出るしかないか。

「分かった、分かりました。出ればいいんでしょ、出れば」

「お、分かってくれたかい」

そう言って、おじさんは肩をバンバン叩いてきた。

痛いから。普通に痛いから。

「それじゃあ、お相手が来るまで、中に入って待っててくれ」

おじさんは他に用があるのか、その場を離れた。

が、他の役員の人が見張っていた。しかも数人で。

やっぱり逃げられないか。

思わずため息をついてしまった。

役員の人たちに見張られながら体育館の中に入る。

中はかなり飾り付けられており、テーブルも幾つか置いてあった。

それを見て、結構力入れているなあ、と感じた。

「おっ、拓也。来たのか」

呼ばれたのでそちらに向くと、高校の同級生の真司《しんじ》だった。

真司とは当時はそれなりに仲がよく、ゲームや漫画の話で盛り上がったものだ。

「なんだ、真司か」

「なんだはないだろう、なんだは」

真司は馴れ馴れしく肩を組んできた。

「っていうか、なんでお前がいるんだよ？　確か結婚してただろ？」

「ああ、それな。去年離婚した」

「あー、悪い」

離婚したのは知らなかったな。

「まあ、気にすんな。もっと前から別居してたからな。ただ、慰謝料の折り合いが付かなくって、離婚出来たのが去年だったってだけだ」

「子供はどうなったんだ？」

「子供はあっちについて行った。お陰で気軽に女遊びが出来るようになったよ。しかし意外だな。お前が来たのは」

「あー、俺は騙《だま》されて、ここまで連れて来させられた」

「ああ、なるほど。納得だわ。結婚する気はないって言ってたからなぁ。それは今もか？」

「ああ、変わってない。よっぽどいい相手がいない限り、な」

「そんな相手、現れるか？」

「無理だろうな。だから諦めてる」

「もしかしたら、これで巡り会えるかもよ？」

「……可能性はなくはないが、ゼロに限りなく近いだろ、そんなの」

「分かんねえぞ？　もしかしたら、ということもある。で、どんなのがいいんだ？」

「気が合う奴」

「気が合う奴って……。それだと、お前の趣味を理解出来ないと、無理じゃね？」

「だな」

「そういう奴は、普通こんなところには来ないだろ？」

「まあ、来ないな。こんなところじゃなく、アキバか、それともその手の店に行ってるか、だな」

「だなぁ。オタクを理解出来るのはオタクだけだもんなあ。悪い趣味だとは思わないんだがな」

「普通の女は、オタクをキモがるからな」

「そういうのに偏見を持っていない奴もいないことはないが、少数だし」

「そういう人に出会えるのは、ごく稀《まれ》だよ」

「お前はオタクのほうではマシなほうなのにな。フィギアやポスターとかは集めてないから、それほどキモいと思わなくてもいい、と思うんだがなぁ」

「あいつらから見たら同じなんだよ。オタクは全部キモいってな」

「そんなもんか？」

「そんなもんだ」

そんな会話をしていると、大型バスが体育館前に着いた。

「お？　どうやら来たっぽいな」

「みたいだな」

大型バスから女性がずらずらと降りてきた。

集団お見合いが始まるな。

正直興味はないんだが、終わるまで付き合うか。

第15話 ◉ イベント2

Episode 15

大型バスから降りてきた女性の数はかなり多かった。
役員の人に何人いるのか聞いてみると60人近くいると言われた。
この集団お見合いに参加している男性は20人弱なので、約3倍ほどの差がある。

「多いな」

「確かにな」

「これだけいたら、お前と気の合う奴がいるかもよ」

「俺のことはいいから。お前は自分のことを気にしろ」

「大丈夫、大丈夫。俺は、お前ほど条件が厳しくないからな」

「さすがだな。結婚したことある男は、言うことが違うっ」

「嫌味《いやみ》かよ」

「いや、本心だが？」

「余計悪いわ！」

「おっと、始まるみたいだぞ」

真司の叫びというツッコミは、さらっと流す。
体育館の壇上に町長が現れ、挨拶が始まる。が、これが長い。
なんでお偉いさんの話はこんなに長いのか、不思議で仕方がない。
待つこと10数分、ようやく挨拶が終わる。
すると、「これに参加している男性は壇上前に集まるように」と呼び掛けられた。
行かないと後が面倒なので、渋々行く。
どうやら、自己紹介をさせられるようだ。
男性陣は横一列に並び、順番に自己紹介していく。
自己紹介の内容は各自に任せているようで、みんな色々とアピールをしている。
中には探宮者をやっていることを自慢のように言っている者もいた。

しばらくして、俺の番が来た。
1歩前に出る。
「えー、鈴木拓也です。歳は32。職業は農家です」
それだけ言って、元の位置に下がる。
すると司会役の人から声が掛かる。
『えっと、それだけですか？』
どうやらもっと言え、ということらしいが、俺は無視した。
すると、司会役の人も諦めたらしく次の人に声を掛けた。
『えー、次の方お願いします』
そうやって、男性陣の自己紹介が終わると、次は女性陣の自己紹介が始まった。
興味がなかった俺は、全部聞き流した。
ただただ、ぼーっと立って、早く終わることを待った。
そして、女性陣の自己紹介が終わると、フリータイムが始まった。

テーブルの上にコップが置いてあり、飲み物としてビールとウーロン茶[illegible]あった。

俺は、コップにウーロン茶を入れ、一口飲むと壁際に移動して壁に寄り掛かる。

ここから会場を見ると、凄い凄い。

女性陣が、男性に群がっているのがよく分かる。

真司のところにも、何人かの女性がいるのも分かった。


ふーん、あの様子なら1人くらいなら上手くいくかな？

そんな風に眺めながらウーロン茶を飲んでいると、俺のところにも女性が数人来た。

うわー。なんで来るかな？

こっちに来るなっていうのが分かんねえのかよ。


そうは思いつつも、来た以上相手をせざるを得ない。

女性陣の質問に対し、失礼にならいように答えていく。

いくつかの質問を答えると、それで満足したのか離れていくが、入れ替わるように次のグループが来る。

そんなことを何度か繰り返すと、ようやく人が途切れる。

そうなって、一息つくことが出来た。

持っていたコップを口元に運ぶと、中身がないことに気が付く。

仕方がなく、ウーロン茶を注ぐために近くのテーブルに行く。

そして、ウーロン茶を注いで一気に飲み干す。

と、その近くの集団がかなり盛り上がっていた。

そこを見ると、自己紹介で探宮者をやっている、と言っていた男性に女性が群がっていた。

どうやら、ダンジョンの話で盛り上がっているようだ。


そういえば、他のダンジョンってどんな感じなんだろう。

他のダンジョンは、行ったことがないからちょっと気になるな。

聞いてみるか。


その男性のもとに歩み寄る。

「ちょっといいかな？」

「ん？　なんだ？」

近くで見ると結構ガタイがいい。

身長180㎝は超えているだろう。

「君は、探宮者なんだよね？　どこのダンジョンに潜ってるんだい？」

「どこって、駅の近くにあるやつだよ」

「この町の？」

「そうだ」

「モンスターはどんな奴？　数はどう？」

「なんだよ？　そんなことを聞いてどうすんだ？」

「いや、ちょっと興味があってね」

「あ？　もしかして探宮者になろうと思ってるのか？　やめとけやめとけ。あんたみたいのじゃ、すぐにおっ死《ち》ぬことになるぞ。そうじゃなくても大怪我を負うことになるのが目に見えるわ」

「大丈夫大丈夫。そんなつもりはないから。ただ、ダンジョンの状況は知りたいんだよ。もし変化があったらヤバイだろ？」

「あー、そういうことか。んー、そうだな。特に変わったところはないな。モンスターが強くなったわけでもないし。ただ、人が足りないのか、モンスターは結構数はいるな。お陰で狩り放題だがな」

そう言うと「がっはっは」と笑い出した。

「そっか。ありがとう」

「な〜に、これくらいならいくらでも聞いてくれ」

とりあえず、聞きたいことは聞けた。

なので、その場を離れて先ほどと同じ場所に戻る。

壁に背中を預け会場を見ると、先ほどの男性の集団から1人の女性が離れた。

その女性はそのまま俺のもとに来た。

女性の見た目は、身長が低く150cm位、髪型はボブカットというやつか？　で、メガネを掛けている。

「どうしたんです？」

「先ほど、なんであんな質問をしたんですか？　ダンジョンの情報ならネットでいつでも調べられるじゃないですか？」

「確かに調べられるけどさ、実際に潜っている人から聞いたほうがよく分かるでしょ？」

「……そうですね。ネットだけじゃ分からないこともありますね」

「そう言うこと」

「それで何か分かりました？」

「んー、取り敢えず、どこのダンジョンも人手不足なんだなあ、と」

「みたいですね。自衛隊の人たちとか、頑張っているみたいですが、どこもクリア出来ていないみたいですし、その上、新たにダンジョンが見つかったりしているみたいですし」

「……もしかして、オタク？」

「え!?」

俺が、なぜオタクと言ったのか、分からずに驚いているようだな。
その理由を教えておくか。

「普通の女の人はダンジョンの状況とか、そこまで詳しくないから。せいぜい自分の住んでる地域と、有名なダンジョンを多少気にするくらいだろ。だから、オタクかなあ、と」

そう言うと女性は納得した。

「ああ、なるほど。違いますよ。私はオタクじゃありません」

「じゃあ、なんでそこまで詳しいんだ？」

「だって、気になるじゃないですか？　ダンジョンからモンスターが溢れてきたら下手すれば、中国やアメリカみたくなっちゃうんですよ？　気にならないほうがおかしいですよ」

そう言われると反論のしようがない。

ダンジョンを放置するとモンスターが溢れてくる。

だから、そうさせないために、俺は自宅の畑に出来たダンジョンに挑んでいるんだから。

「貴方は平気なんですか？　ダンジョンに対して何もしなくて」

「平気なわけないだろ」

そう言うと女性は「じゃあ」と激昂しかけるが、

「だからと言って、何が出来る？」

と、すぐに言うと沈黙する。

「あの男が言ってただろ？　俺じゃあ、大怪我で済めばいいほうだ。下手すれば死ぬだけだ、と」

女性は悔しそうな顔をする。

「人間出来ることと出来ないことがある。ダンジョン攻略は出来る人に任せればいい。出来なくって悔しいのなら出来るように努力すればいいだろ」

「簡単に言わないでください!!　私だって、そう出来るのならそうしています!!　けど、そう簡単にはいかないんですよ!!　あなたはそういうことがないから、そんなことが簡単に言えるんです!!」

そう怒鳴って、女性は離れていく。

「簡単に、か」

ま、何も知らなければそう見えるか。

そんなことを思っていると真司が近づいてきた。

「おいおい、いったい何を言ったんだ？　彼女カンカンに怒ってたぞ」

「大したことじゃないさ」

「そうなのか？　それにしちゃ、えらい剣幕だったが？」

「そんなことはいいから。ほら、お前を待ってる人たちがいるぞ」

俺が示したほうには女性たちがこっちを見ている。

そこは先ほどまで真司がいたところだ。

「あー、悪いな。ちょっと行ってくる」

「ああ、行ってこい」

そう言って真司を送り出す。

真司が女性の輪の中に入るのを見届けると、先ほどの女性を探す。

しかし、目に付く位置には見当たらなかった。

あの剣幕《けんまく》、モンスターと何かあったのか？

仮にあったとしても、俺にはどうしようもない、か。

そう思い、その女性のことは頭から切り離し、このイベントが終わるのをひたすら待った。

終わるまでかなり時間がかかり、途中で食事を挟みながら結局終わっ

真司は何人かの女性と仲よくなり連絡先交換をしたようだ

俺か？

俺はあのまま、最後まで壁と仲よくやってた。

家に帰った時には、母さんに文句を言って、もう2度とこの手のイベントには行かないことを告げた。

第16話◉買い物

Episode 16

翌朝、目を覚ますといつものように畑の手入れとニワトリたちに餌を与えて卵の回収をしてから朝食をする。

そのあとは時間を潰し、10時近くになってから出掛けた。

まずは銀行でお金を下ろす。

高額のために手続きに時間を取られてしまったが、なんとか300万円を下ろした。

次にモンスターの素材を買い取る店に向かった。

手に入れたウサギの耳を売るためだ。

ウサギの耳は6つ手に入れている。

自衛隊の人が言うには2~3000円ということだったが、それが本当かどうか分かるな。

もし、これが本当ならこれからウサギを狩ったら耳も一緒に手に入れよう。

あんまり安いようならめんどくさいから止めればいいしな。

モンスターの素材を買い取る店に行くのは初めてだったが、その店はこの間剣鉈を買った店の場所のすぐ近くにあった。

へえ、こんな近くにあったのか。

この間はその気がなかったから全く気づかなかったな
理由はなんとなく分かるな。
多分だが、素材を売ってそのお金で武器防具を買い求めやすくするためだろうな。
そんなことを思いつつその店に入る。

「いらっしゃい」


店に入るとすぐ目の前にカウンターがあった。

店内はさほど広くはない。

せいぜい20畳くらいだろうか?

で、カウンターには30代後半くらいのおっさんがいた。

「初めて見る顔だな。探宮者になりたてか?」

「え、ええ、そうです」

「そうか。で、なんだ?」

「……え？」

「売りに来たんだろ？　素材はなんだ？」

「ああ、はい、これです」

持って来たウサギの耳を取り出す。
そのウサギをカウンターの上に置く。

「ほう、ウサギの耳か」

おっさんはウサギの耳を１つ手に取り、ジロジロと見る。

「状態は悪くないな。他のも同じようだな。これなら買い取ってもいい、売るか？」

「えーと、いくらになります？」

「そうだな。１つ２５００でどうだ？」

1つ2500か。
6つあるから1万5000円になるか。
結構いい値段になるな。
これならこれからも手に入れよう。

「それでお願いします」

「分かった。全部で1万5000だ」

おっさんはレジから1万5000円を取り出し、俺に渡してきた。
お金を確認し、合っているのでそのまま財布にしまう。

「毎度あり、また持って来てくれ。この状態のなら、今後も買い取るからな」

「分かりました。では、これからもいい状態のを手に入れたら、売りに来ます」

「ああ、待ってるぞ」

その店を後にし、そのまま武器防具の店に入る。

目当ては防具。

取り敢えず鎧系から見てみるか。

鎧コーナーに行き、まず目に付いたのが西洋甲冑だ。

フルプレートアーマーというやつだ。

近づきじっくりと見る。

素材は鉄で出来ているので、見た目は格好いいが、かなりの重量だと分かる。

とてもじゃないが、こんなのを着て動くことは出来そうにない。

値札も見てかなりの値段で、35万もしている。

こういうのはオタクとして見ているのは楽しいが、探宮者としてはとてもじゃないが実用性ではないと思う。

他にも武者鎧があるが、オタク向けだよな～。

こんなのを着てダンジョンなんか行かないだろう。

もっと実用性のがないか見てみる。

見てみると、胸の部分のプレートアーマーや防弾チョッキなどがあった。

どれも防御力は高そうだが、共通して重いので買うのに躊躇《とまど》ってしまう。

力や持久力に自信があるわけではないので、若干防御力が低くても動きの阻害されない物がよい。

そう思い、他のを探して見てみると、あるところから毛色が違う物が[illegible]。

それは、モンスターの素材から出来た、と思われる鎧などと、ワニの皮のような感じの鎧や動物の毛皮の鎧などが並んでいる。

へえ、やっぱりこういうのもあるんだな。

触ってみるとワニの皮のようなものは意外とツルツルしていたし、毛皮などはフワフワしていた。

重さはどうかと思い、手に取ろうとしたが、そこで異変を感じた。
ワニの皮のような鎧を持とうとしたら、何故か力が抜けるような感じがしたのだ。
それでも、それを持ってみたいので、力を入れて持ち上げようとしたが、力が入らない。
いや、力が抜けていく、と言ったほうが正しいかもしれない。
しばらくは持ち上げようと奮闘したが、結局それはかなわなかった。
その鎧から手を放し、乱れた息を整えているところで店員が通り掛かった。

「どうなさいました」

「あ、いえ、これを持ち上げようとしたんですが……」

俺は、ワニの皮のような物を指さす。

「ああ、もしかして、持ち上げられなかったのですか？」

「ええ、そうです。まるで力が抜けてしまって」

「なるほど。お客様、悪いことは言いません。この鎧はあきらめたほうがよいです」

「何故です？」

「まだ、原因がわかっていないのですが、モンスターの素材からできた武器防具は人を選びます」

「人を選ぶ？」

「ええ、そうです。力がない人が身に着けようとすると、何故だかうまく身に着けることが出来ないのです。それだけでなく、なんらかのペナルティが付くみたいです」

「ペナルティが？」

「はい、そうです。例えば、動きが悪くなる、異様に疲れるようになる、などなど」

「そんなことが……」

「ある人は、レベルが足りないんだ、なんてことを言っていましたけど、どういう意味なんでしょう？」

ああ、なるほどな。

レベルが足りない、か。

そういうゲームはあるな。

武器防具を装備するのに、一定のレベルが必要となるゲームが。

そのレベルに至っていないと装備が出来なかったり、装備が出来てもペナルティが付くことがあったな。

武器の場合は攻撃速度が極端に遅くなったり、実際の攻撃力の半分もいかなかったりと。

そういうことが設定されているのか？

もしそうなら、この鎧を装備するにはレベルが足りないということか。

「ありがとうございます。大変参考になりました」

「そうですか？　それならよかったですが、この後はどうなさいますか？」

どうするか。
モンスターの素材から出来た防具なら、重さはさほどではなくっても防御力が高いのがあるだろうが、レベルが足りないとなると、それらは諦めるしかないか。
となると、どんなのがあるのか。
この店員さんに聞いてみるか。

「あー、オススメの鎧とかあります？」

「どういったのがよろしいのですか？」

「あまり重くなく、動きが阻害されない物、がよいですね」

「ご予算のほうは、どれほどでしょうか？」

「そうですね。１００万くらいで収まったら、と思ってます」

「１００万ですね。ちょっとお待ちください」

そう言うと、店員はその場から離れた。
しばらくすると手に何かを持ってきた。

「これはどうでしょう？」

店員は手に持ったものを広げる。
それは見た感じライダースーツに見えた。

「あのー、ちゃんとした鎧がよいんですが？」

「ご安心ください。今からこの商品の説明をしますので、それを聞いてから判断をお願いします」

「……分かりました」

「では、この商品を説明させていただきます。ライダースーツに似ているこのスーツですが、素材がなんと！　カーボン繊維で出来ています！」

「カーボン繊維？」

「そうです。ご存知ではないですか？」

「なんとなく、名前は聞いたことはあるような？」

「では、カーボン素材がどういうものか、ご存知ですか？」

「ああ、それなら知ってます。軽くて丈夫な素材でしょ？」

「ええ、そうです。そしてカーボン繊維とはそのカーボン素材で出来た繊維です」

「……つまり、丈夫な糸、ってことですか？」

「はい、そういう認識で大丈夫です。もう少し詳しく言いますと、カーボン素材は鉄並みの丈夫さを持ちながらもアルミホイル並みの軽さを持った素材です。それを繊維として加工して作られたのが、このスーツです」

「へえ、そうなんだ」

「そうなんです。つまり、このスーツは鎖帷子《くさりかたびら》並みの丈夫さを持っていながら、重さ1gこの時こない、という画期的な防具です」

「え⁉　それで鎖帷子並みなの⁉」

「ええ、そうです。どうですか？　かなりオススメの商品です」

確かに、かなりいいな。

これなら動きに阻害が出ないだろうし、防具としても優れているな。

しかも、ライダースーツのように全身を纏《まと》う感じに作られているから、露出している部分も少ない。

首元も覆われるようだし、よし、これにしよう。

「いいね。それで値段は？」

「その～、お値段の方ですが……」

「ん？　いくらだって？」

「120……です」

「120？」

「120万です」

「高っ‼」

「そのですね。性能はいいのですが、カーボン繊維にするのは大変難しく、また、量産がそれ程出来ない、ということでお値段がお高めに……」

確かに性能はよいんだが、それに比例して値段も高くなるのは、いただけない。
が、命に関わることだからな～。
安物買って命を落とすくらいなら、これくらい高いものを買うのは、しょうがないか。

「いいです」

「ああ、やっぱりお止めになりますか」

「ああ、そうじゃないです」

「え？」

「それでいいです。購入します。それを」

そう言うと、店員は満面の笑みを浮かべた。

「ありがとうございます。では、サイズのほうを合わせますのでこちらのほうにお願いします」

そのまま店員に連れられ、サイズを合わせて、ちょうどいいものを購入する。

他に靴も購入したが、靴はさほど高くなく合わせても123万円で収まった。

第17話◉性能を確かめる

Episode 17

買い物から戻ってきた時、昼になっていたので昼食を済ましてからダンジョンへ向かった。

カーボンスーツの着心地は、ゴワゴワしていてとてもじゃないがいいとは言えないが、店員が言っていたように鎖帷子並みの防御力があるなら文句は言えない。

動きにはそれほど違和感もないし、問題ないと言える。

靴は軍靴に似ている作りになっており、足首までカバー出来るようになっている。

もちろん足先には鉄板が入っており、安全靴と同じように多少の衝撃などから守ってくれるだろう。

まあ、新品のために少し硬いが、これくらいなら許容範囲だ。


ダンジョンに入り、転移陣を使い2階へ行く。

ポチに頼んでウサギのいるところへ向かってもらう。

ウサギの攻撃を喰らってみるためだ。

もし、ウサギの攻撃を喰らってこのスーツが切れることがあったらあの店員は嘘をついていたことになるからな。

そん時ま出るところこ出てやる。

１２０万も出して、すぐに壊れるような物を売っていた、とか
まあ、これが本物ならば、多分大丈夫なはず。

あの後ネットで検索してみたが、あの店員が言っていた謳《うた》い文句はあながち間違っていないし。

俺が着ていた作業着なんかよりよっぽど丈夫な作り、のはず。

まあ、試してみればすぐ分かるか。


しばらく、ダンジョンの中を進むと念願のウサギと遭遇した。

数は１羽と、願ってもいない状況だ。


「ポチ、待機だ」


そう言うと、ポチは後ろに下がるが、警戒態勢を崩さない。

俺が危険に及んだら加勢するつもりなのだろう。

俺は前に出るが、敢えて剣鉈は構えず隙だらけの態勢になる。

そんな俺を疑問に思ったのか、ウサギはなかなか近寄って来ない。

しばらく待つが、ウサギが動く気配がなかったので、ウサギに向かって歩き出す。

それでもウサギは動かなかったが、ある一定の距離に近づいた瞬間、ウサギは俺の首めがけて飛び掛かってきた。

ウサギがいつ動き出してもいいように、警戒しながら近づいて行ったので慌てることはない。

ウサギが俺の首に狙いを定めて耳を振る。

一応カーボンスーツは首元まで覆っているとは言え安全性は確認出来ていないためウサギの攻撃を喰らうわけにはいかない。

もし、スーツが耐えきれなければ、そのまま俺の命の保証がないからだ。

ウサギの攻撃が首に届く前に腕で防ぐ。

その瞬間、ギャリンと金属音が鳴る。

腕に衝撃がくるが、痛みはない。

腕を確認したいところだが、ウサギから目を離すのは危険だ。

ウサギは攻撃が防がれると、俺の体を蹴って離れる。

そして、そのまま地面を蹴り、壁や天井を使い縦横無尽に飛び回る。

そのウサギの動きを冷静に見つめ、タイミングを計る。

こちらの隙を探っているのか、ウサギは俺の周りを変則的に動いて回っているが今の俺は露出している部位はない。

一応手にもゴム軍手をしているが、見た目はこのスーツと同じ黒色のため、同じ素材と勘違いしてくれると嬉しい。

まあ、仮に狙ってきたとしても簡単に躱せるけどね。

そんなことを思っていたのがいけなかったのか、本当にウサギが手を狙ってきた。

ウサギは、俺から見て左側から飛び掛かってきた。

右手には剣鉈を持っているので、持っていない左手を狙ってきたのだろう。

左手には何も持たずに空けていたのが隙に見えたのだろうか？

もし、そう思ったのなら勘違いもいいところだ。

飛び掛かってきたウサギは耳を振ろうとしたが、その前に俺の左手が炸裂した。

ウサギの鼻っ面《つら》を殴ってやった。

ちゃんとしたパンチではなかったが、フリッカージャブのようにして殴ってみた。

某週刊ボクシングマンガに出てくる死神と比べると稚拙《ちせつ》もいいところだろうが、それでも牽制《けんせい》としては十分の効果を発揮した。

ウサギの動きが止まり隙だらけになったのだ。

その隙を逃さず、剣鉈でウサギの頭を叩き割ってやった。

振り下ろした剣鉈で頭が割れ脳漿《のうしょう》が飛び散る。

体の一部にそれが掛かってしまったが、諦めるしかない。

取り敢えず、ウサギを仕留めることには成功した。


ウサギを倒したので一息つくとポチが近寄ってきた。

なんとなくポチの頭を撫で、気持ちが落ち着くのを待つ。

いくら慣れているとは言え、生き物の命を断つというのは気分がいいものではないからだ。

気持ちが落ち着いたので、ウサギの攻撃を受けた腕を見てみる。

受けたのは左腕だが、切れている部分はない。

腕の衝撃から当たっただろう部分を見てみるが、パッと見では変わったところは見当たらない。

よ～く見てみると、薄い線みたいなものが見えた。

多分、この線がウサギの攻撃が当たった場所なのだろう。

この様子ならば、ウサギの攻撃に心配する必要がなくなったな。

ウサギの攻撃によって致命傷になりそうな、首元、手首、足首はこのカーボンスーツによって覆われているのだから、破れない限りは致命傷を負うリスクはかなり減少したとみていいだろう。

とは言え、攻撃を喰らったらその度にチェックはしておかないとな。

どんなものでも耐久性というものがあるから、チェックしておかないといつ壊れるか分かないからな。

破れそうになったら買い直さないといけない。

120万は高いから、すぐに買い直すわけにはいかないので、すぐに壊れないことを祈るしかない。

カーボンスーツのお陰で安全性が高まったので、安心してウサギと戦うことが出来るようになった。

このあとさらに5羽のウサギを狩り、全部で6羽をリュックに入るか試したところ、出来たのでしまうことにした。

お陰でリュックはパンパンに膨れ上がったが、捨てていくにはウサギの肉を思えばとてもじゃないが出来ることではなかった。

仮に入らなかった場合は手に持って帰っていただろう。

が、そうなると戦闘に支障を来すので、そうなったら一旦帰らないといけなくなる。

幸い、今回はそうならなかった。

ウサギの耳？

それは副次的な物だ。

メインは肉。

で、そのついでに耳という感じだ。

耳は状態が良ければ持って帰るし、荷物がいっぱいなら捨てていく。

もったいない、と感じるか？

モンスターの素材の価格はかなり変動するみたいで、ウサギ耳も次に売りに行く時に２５００円で売れるとは限らない。

もしかしたら、それ以上の値段で売れるかもしれないが、下回る可能性の方が高い。

その理由はネットで調べたからだ。

１年前と比べてみたら半分近くまで値が落ちていると分かった。

今後はさらに落ち込むことが予想されるので、それほどもったいないと感じない。

もっと深いところにいるモンスターの素材も値段が落ちているとはいえ、ウサギの耳ほどではない。

深いモンスターの素材はこんな浅いモンスターと違い、簡単に手に入らないからだ。

取れる人が少ないし、必ずそのモンスターを倒せるとは限らない、ということもある。

だから、深層モンスターの素材は値段が高いし、さほど落ちない。

需要と供給が釣り合っていないのだ。

まあ、そんなわけでウサギの耳は捨てていっても、それほど勿体《もったい》ないということはない。

予備の武器として持つくらいならいいかもな。


リュックがいっぱいになったので、2階から1階へ移動し、ネズミへと戦う相手を変えた。

ネズミの群れの数を見て、戦うかどうかを決める。

30〜40匹くらいならば戦うが、50匹以上いると思った場合は諦めて数が少ないところへ移動することにした。

その日、ネズミの群れに3つ挑みその3つとも滅ぼした。

さすがに3つ目の群れを倒すのにはかなり苦労したが、倒せないほどではなかった。

確実に力を付けているのが分かる。

が、ただネズミを倒すのもなんだな。

取り敢えず、目標でも作るか。

うーん、そうだな。

俺1人でネズミを100匹くらい倒せるようになる、でいいかな？

それくらい出来るようになれば、3階へ行ってもなんとかなりそうだ。

よし、今後はその目標を達成出来るよう頑張ろう。

第18話 ◉ モンスター肉の効能

Episode 18

あれから1週間、食料としてウサギを少し狩り、後はひたすらネズミの群れを狩り続けた。

ネズミの群れは今やある程度の大きさまでなら狩れるようになった。

だいたい50~60匹くらいなら問題なく狩れる。

70匹くらいもなんとかなる。

が、80匹以上になるとかなり厳しい。

俺1人だけだったらまずやられていただろう。

しかし、ポチの助けがあり、それで何度も助かった。

本当にポチがいてくれてよかったよ。

そのポチだが、以前と比べてなんだか頭がよくなっている気がする。

以前からも、俺の言うことをよく聞いたり、自分の判断で行動を取っていたのだが、最近では1を聞いて10を知るというか、俺の出した指示の意味を読み取り、よりその指示を最大限に効果が出るようにと、動くようになっている。

後は、戦闘中に俺の状況を見て危うくなればヘルプに入り、かつ、敵の数を減らしすぎないように調節しているようになっている。

ある時、俺がまだ戦っているのにポチは離れたところから俺の様子を窺っていた。

俺が危険になりそうなら介入しようと警戒態勢でいた。

このことから、ポチはネズミを倒すことで力を得ることが分かっているように思える。

ポチ自身が強くなるだけでなく、飼い主たる俺も強くなれるようにと、倒す数を調節して戦っているようだった。

そして、自分のノルマの数をさっさと済まし、その後は俺の様子を窺っているのだからな。

全く、俺よりもポチのほうが強いんじゃないのだろうか？

それとも相性があるのか？

ネズミのように弱くて群れる敵に対してはポチのほうがうまく戦えるだけ、とか。

けど、ポチと戦って勝てるイメージがないぞ。

翻弄《ほんろう》された挙句《あげく》、喉を噛み切られるイメージは容易に出来たが……。

やばい、飼い主としての威厳が。

ポチと俺で獲物を半分ほどに分けていたが、少し俺の方が倒す量を増やすか。

割合として4：6で、俺が6だな。

さて、今日はもう十分戦ったから帰るか。


ダンジョンから地上へ出る。

すると、ダンジョンから出ると、建て物の中に入った。

なんで建て物の中に？　と思っただろう。

実はこの1週間の間に役所の人が来て、ダンジョンに入る人を制限するためにと建てていったのだ。

建て物自体はプレハブ小屋のような感じだが、実際はもっと丈夫な作りになっている。

ただ、完全に建て物で囲んでしまうと何故か壊れてしまうため、出入口だけは塞がっていない。

その代わりに駅の改札口のような自動改札機が設置されている。

これによって、入る人の制限が出来るようになった。

入るためには改札機に探宮者カードを当てることで通れるようになるという仕組みになっている。

役所の人が言うには探宮者カードにはＩＣチップが組み込まれていて、こういうことが出来るそうだ。

まあ、少し手間が増えたが、これによってダンジョンの管理がかなり楽になったので、俺としては助かったものだ。


いつものようにカードを当ててここから出る。

そして、家に近づいたのだが、なんだか、いつもと雰囲気が違った。

何が違うのかは分からないが、何かあるのは分かった。

ポチを見ると警戒している様子が見えなかった。

ということは、危険はないということか。

もしくは警戒するほどではない、のどちらかだな。

取り敢えず家に入る。

「ただいまー」

「ああ、やっと帰ってきた。待ってたのよ」

そう言って、母さんが出てきた。

「何かあったのか?」

「ケンカよケンカ。ニワトリたちがケンカして騒いでたの」

「へえ、珍しいな。けど、そんなことたまにあっただろ?　なんでそんなに慌ててるんだ?」

「それがね、いつもと違うのよ。見れば分かるわ」

そう言って、ニワトリ小屋の方に向かって行った。

なんだか分からないが、俺もついて行く。

そして、それを目にして驚いた。

なんと、ニワトリ小屋を囲っていた金網があっちこっち破れていたからだ。

「な、なんだ、これ⁉」

「ニワトリたちがケンカした結果よ」

「はぁ⁉」

ニワトリたちのケンカの結果ってどういうことだよ。

ニワトリに金網を破るなんてこと出来ないだろうが。

そんなバレバレの嘘ついてどうすんだよ。

そんなことを思っていたのだが、これは嘘ではなかった。

ニワトリ小屋に近づくと、未だにニワトリたちが諍《いさか》いを起こしていた。

その中の１羽が攻撃をしたが、それが躱されて金網に当たり穴が空いた。

「嘘だろ⁉」

そんな俺を気にせずにニワトリたちはケンカを続けていた。

しばらくは驚いていたため、その様子をただ眺めていたが、ふと我に帰りケンカを止めることにした。

「おい、お前ら、やめろ！」


小屋に向かってそう怒鳴る。

すると、その中いた白い烏骨鶏と黒い烏骨鶏が動きを止めた。

そうなると、ほかのニワトリたちも動きを止めた。

そして、白い烏骨鶏と黒い烏骨鶏にニワトリたちが分かれる。

白い烏骨鶏の群れと、黒い烏骨鶏の群れの2つに。

小屋の中に入り、ニワトリたち1羽1羽を見る。

ニワトリたちの様子を診《み》たが、特に大きな怪我をしているようには見えなかったので、安心した。


「ったく、なんでケンカなんかしたのか分からないが、ほどほどにしろよ」


そんなことを思わず呟いてしまった。

すると、それに応えるかのように白烏骨鶏と黒烏骨鶏が「コケー」と力なく鳴き項垂《うなだ》れているような格好になった。

あれ？　こいつら、俺の言葉が分かってる？

まさかな。でも、もしかしたら。

「いいか、ハク、コク、お前らはこの群れのボスなんだ。ケンカをする側ではなく、止める側にならないとダメだろう？」

そう言うと、より一層小さく鳴き、より項垂れた。

「分かったか？　分かったのならケンカはしないように、いいな？」


「「コケ！」」


「よし、そんじゃ、話は終わり。たいした怪我がなくってよかったよ」

そう言って、ニワトリたちを撫でていく。

すると、ニワトリたちが喜び、体を擦り付けたりしてきた。

あれ～、こいつらこんな風に喜んだりしたっけ？

以前は撫でてもそんなに反応しなかったと思うが？

一通り撫で終わり、小屋から出る。

「ハクとコク、こいつらの面倒を頼むぞ」

「「コケーー!!」」

白烏骨鶏と黒烏骨鶏は力強く鳴いた。

それを見て一安心した。

因みに白烏骨鶏がハクで黒烏骨鶏がコクだ。

どうしてそんな名前にしたかというと、だいたい予想出来ると思うがそれぞれの色から来ている。

白烏骨鶏は白色→白→ハクで、黒烏骨鶏は黒色→黒→コクというふうにした。


「さすがね、拓ちゃん」

「だから、その言い方をやめろと言ってるだろが」

「いいじゃない、拓ちゃんは拓ちゃんなんだから」

小さい時の呼び方を未だに続けるところが、この母親の嫌なところだ。

「ところで、拓ちゃん」

「なんだよ」

「明日、買い物に付き合って」

「はぁ？　なんで俺なんだよ。父さんに頼めばいいだろ」

「それが、父さんは用事があるからダメだって」

それを聞いて思わず舌打ちをした。

「で、何を買うんだよ」

「洋服を買いに」

「洋服～？　なんで、そんなもんを？　別に破れたり汚れたりしたわけじゃないんだろ？」

「そうなんだけど、ちょっと、体型が変わって服のサイズが合わなくなったのよ」

「サイズが？」

「そうなの！　なんでか分からないけど、体が痩せて洋服がぶかぶかになっちゃったから買い直したいの」


そう言われて初めて気が付いた。

確かに母さんの体型がスリムになっている。

少し前の母さんは典型的な中年太りのおばさんだったのだが、標準的な体型で見た目も若々しく見える。

母さんの年は50代後半のはずだが、ぱっと見40代前半に見える。

場合によっては30代と言っても通用しそうな感じもする。

おかしいとは思うが、本人は痩せたことを喜んでいるので、まあ、いいか。


「分かった。午前中でいいよな？」

「ええ、十分よ」


そう言って、機嫌よく戻って行った。

少し遅れて俺も戻った。

そして、家族全員の様子を見ると驚くことに全員に変化があった。

家族全員が若返っているのだ。

爺さんと婆さんは80を超えているのに60代に見えるし、父さんも60を超えていたはずなのに40代後半にしか見えない。

なんで今まで気が付かなかったんだよ！　と突っ込む奴もいるだろうがはっきり言おう、分かるか!!

食べてすぐに若返ったのなら俺だって気づく。

が、そうじゃない。

多分だが、ゆっくりとじわじわと若返っていったんだと思う。

例えば1日かけて1歳か2歳程若返ったとしたら、その変化に気づくだろうか？

翌日ちょっと肌の張りがよくなったとか、その程度の変化にしか思わないのではないか？

そうしたゆっくりとした変化が毎日続いた成果が、トータル10歳から15歳くらい若返ったことに繋がった、ということだ。

そんなちょっとした変化なんか見逃すだろ？

だから言う。

分かるか！　と。

で、その変化なんだが、考えられる原因は1つしかない。

モンスター肉だ。

他には考えられない。

そう言えば、モンスター肉を食べて若返ったという人がニュースで流れていたな。

ただ、モンスター肉を食べている人が少ないため、モンスター肉を食べることによるアンチエイジングがあるのかは検証がはっきりしないとも言っていた、ような気がする。

興味がなかったから聞き流していたが、もし、これが本当ならばモンスター肉の価値が上がりそうな気がする。

うーん、どうするか。

このまま、黙っているか？

でも、黙っていたとしてもそのうち世間にバレるような気がする。

母さんとか婆ちゃんあたりが喋りそうな気がするし。

ならば、俺が言う必要もないか。

若返ったことの検証？　は、取り敢えずこれでよしとしておこう。

それより問題なのは、なんでニワトリたちが金網を破ることが出来たのか、だ。

これも考えられる原因は、モンスター肉を食べたことだろう。

今まで与えていた餌から、モンスター肉も加えたことによる卵の向上を狙ったのだが、それ以外の効果が現れた、ということだ。

多分これは、母さんたちにも現れているのではないか？

以前よりも力が増している可能性がある。

もしそうならば、モンスター肉を食すと若返るだけでなく、力も得ることが出来るということになる。

となると、おかしいぞ。

アンチエイジング効果はどうでもいいが、力が上がるというのはかなり重要なはず。

なのに、そのことについてはニュースで流れている様子が見えない。

何故だ？

考えてみよう。

まず、モンスター肉の流通を調べてみると、思ったほど流通していない。

精々高級料理店が扱っているか、金持ちが道楽で買っているくらいだ。

一般人にはほぼ流れていない。

理由を調べてみると、気持ち悪いとか安全性に疑問があるなどがあるが、一番の理由は値段が高いことが挙げられている。

確かに、わざわざモンスター肉を買うより普通の肉を買ったほうが安いし、量が買える。

となると、モンスター肉を買うのを控えるか。

買うとしたら、何か特別な日か、ご褒美として買う、くらいか？

そうなると、摂取量がさほどでもないし、短期間に大量に摂取するわけでもないだろう。

そのために、モンスター肉を食べることによる効果が分かっていないのだとしたら？

これは大発見かもしれない。

明日あたり、役所の人に話をしてみるのもいいかも。

もしかしたら、モンスター肉を食することで他にも効果があるのかもしれないしな。

第19話◉政府の方針

Episode 19

翌日、母親に言われた洋服の買い物に付き合った。

場所は大手チェーン店のしま◯らだ。

ユニ◯ロでもよかったんだが、こっちだとあまり好みのデザインがないと言われたので、しま◯らにすることにした。

俺は、母さんが買い物をしているうちに役所へ向かった。

用件は、モンスター肉についてだ。

モンスター肉を食べたことによる若返りは、すでに知られているのでそのことはいい。

問題はパワーアップしたことだ。

あのあと家族全員に確認したが、以前よりも物の重さが軽く感じたり、体が思った以上に動くということが判明した。

しかも、体型がスリムというかスマートになったそうだ。

父さんと爺さんは、ただスマートになったのではなく、筋肉が付いたみたいでお腹がへっこみ、腹筋がうっすらと割れている、とのこと。

俺は、ダンジョンで活動しているので筋肉が付いたのもそのおかげだと思っていた。

もしかしたら、モンスター肉の効果かもしれない。

まあ、どちらの効果かわからないが、力が付くのならどちらでもよかった。

そう言ったことを伝えるために役所に来た。

で、役所で俺の名前と話があると伝えると、少し待たされ、前にダンジョンに調査に来ていた人が現れた。

「お話があるということでしたが、ダンジョンに何か問題でもありましたか？」

ああ、そうか。

俺が「話がある」というと、普通に考えればダンジョンに関すると思われるか。

「いえ。ダンジョンは、今のところ問題ありません」

「そうですか。それはよかった。では、どんな用件でしょう？」

「えーと、実はダンジョンのモンスターの肉を食べていたのですが、ちょっと気になることが出来ました」

「モンスターの肉を食べていたのですか？　そうですか。それで？」

「食べていたのは俺だけでなく、家族も一緒だったんですが、全員若返ったんですよ。10歳から15歳くらい」

「ほう、そこまで若返るとは相当食べたんですね」

「ええ、ほぼ毎食食べてましたから。問題は若返ったことではなく、家族全員の体型が変わり、力が付いたことなんです」

そう言うと、役所の人の顔が険しくなった。

「そのことは、誰かに話しましたか？」

「いえ、まだ誰にも話してません。」

「そうですか。……ちょっと場所を移動しましょう」

そう言うと、役所の人は席を立った。

「あ、はい。分かりました」

俺も席を立ちあとをついて行く。

ついて行った先は、周りに話を聞かれないようになっている個室だった。

「ここなら大丈夫です。では、お座りください」

そう促されたので、席に座る。

「先ほどの話ですが、力が付いたということですが、どれほど力が付いたのですか？」

「えーと、力が付いたと言ってもそれほどではないですよ。普通の人と比べてちょっと強いくらいでしょう」

「食したモンスターの肉は、なんですか？」

「前は1階に出てくるネズミでしたが、今はウサギの肉を食べてます」

「なるほど、まだ先に進んでいなかったのですね」

「ええ、自衛隊の人がネズミの群れを相手にしたほうがいいと言ってましたから」

「ああ、確かに言ってましたね。では、今も？」

「はい、ネズミの群れを主に相手にしてます」

「そうですか。それならまださほど問題はありませんね」

「問題ないんですか？」

「ええ、このことはまだ極秘ですが、モンスター肉は、食べると力を得ることが出来ますが、モンスターが弱ければ、さほど力は得られないはずです。ですので、さほど問題にはなりません」

「そうですか。では、このことは誰にも言わないほうが？」

「ええ、出来ましたらそうしていただけると助かります。ですが、絶対に、とは言いません」

「何故です？」

「政府としてはまだ知らせることは出来ませんが、このことに気づいている人が少しですが出てきてます。ですので、そのうちにこのことが知れ渡ることになると思います。政府もその時は分かっていることを発表するそうです」

「そうですか」


だろうな。

俺が気づいたことが他の人が気づかないわけがない。

ただ、それを知られないように動いていた、ということであったが、でも、それも限界になったら発表を躊躇《ためら》わない、と。

と言うことは、発表が出来るほどの検証が行われていたということか。

まあ、自衛隊がいるからモンスター肉に困ることはないか。

今のやり取りからすると、この力を得るというのは結構前から分かっていた感じがするな。

なのに、まだ発表していないということは何か問題がある、ということだな。

それはなんだか分からないが、政府がそういう判断をしている以上、このことに首を突っ込むのは控えたほうがいいな。


「他に何かありますか？」

「いえ、話はこれくらいですね」

「そうですか。では、また何かありましたらまた来てください。対応出来るかどうかは分かりませんが」

そう言って笑っていた。

ちょっとした冗談のつもりなんだろうな。

「はい、その時はお願いします」

そう答えて席を立つ。

役所から出るが、母さんから連絡は来ていない。

店に送ってから1時間近く経つのにまだ連絡がないということは、まだ買い物が済んでいないということか。

全く、なんで、女の買い物ってこんなに長いんだか。

っていうか、母さんが着飾っても意味がないだろうに。

母さんは美人じゃないんだから、着飾ったところで誰も喜ばないっつうの。

下手に着飾れば見苦しく見えるから、無難なのを買って[illegible]。

さて、どうするか。
この様子だと、まだ買い物は済みそうにないな。
迎えに行っても待たされそうだから、ほかの用事を済ますか。
そう思い、車に乗り込む。
向かった先は、モンスターの素材を買い取る店だ。
この1週間で得た、ウサギの耳を売るためだ。
ウサギの耳はかなりある。
1日に大体5羽から6羽を狩っていた。
1羽で2つ手に入るから、1日で10個から12個、1週間で得た数は76個だ。
この間は1つ2500円で売れた。
少し値が下がっていたとしても10万は越えるな。
そう、期待して店に入る。

「いらっしゃい」

店に入ると店主にそう声を掛けられた。
店主のいるカウンターに行き、持ってきたウサギの耳を入れていたリュックを置く。

「これを売りたいんですが」

そう言って、リュックからウサギ耳を取り出す。

「これはまた大量に持ってきたな。鑑定が終わるまで少し時間がかかるぞ」

そう言って、店主はウサギの耳を鑑定し始めた。

しばらく待ち、鑑定が終わる。

「待たせたな。全部を鑑定したが品質に問題はない。これなら高めで買い取ろう。1つにつき2100円でどうだ？」

2100円か。

この間より値が下がってるが、まあ、許せる範囲だな。

「ええ、それでいいです」

「分かった。そうなると……」

店主は電卓を打ち込む。

「合計15万9600円だ」


約16万か。

稼ぎとして悪くないな。

受け取ったお金をしまい、店を出る。

用事は全て終わったので、母さんがいる店に向かった。

店に着いたので、店の中を見るとまだ、服を選んでいるので車に戻り、車の中でスマホを弄《いじ》る。

見ているのは携帯小説だ。

好きな作品がいくつかあり、そのうち幾つかは書籍化しているものもある。

こういうのを見るとすごいなあ、と感心する。

そうして時間を潰しているとようやく母さんの買い物が済んだ。

時間を確認すると12時近くになっていた。

ここに来たのが10時くらいだから約2時間も掛かったことになる。

長過ぎる。

もっと早く済ませて欲しかった。

母さんを車に乗せ家に帰る。

家に着くと、母さんは慌てて家の中に入り昼食に取り掛かった。

午前中は買い物で潰れてしまったが、午後にはダンジョンに入ろう。

その時はあいつらを連れて行く予定だ。
あいつらが、ダンジョンで活躍出来るようならこれからも連れて行こう。
なんとなくだが、あいつらならネズミならどうにか出来そうな予感がする。
しかし、無理がないようにしっかりと様子を見ないといけないが。

第20話 ◉ 新たな戦力

Episode 20

昼食が済みひと休憩してポチを連れてニワトリ小屋に向かう。
ニワトリ小屋に着くと金網をチェックする。
昨日あの後、破れた金網を軽くだが補修したが、今のところ問題はないようだ。
扉を開けて中に入る。

「ハク、コク、こっちにおいで」

そう声を掛けると、ハクとコクは素直に来る。
ハクとコクを小屋から出して扉を閉める。

「いいか、これから一緒に出かけるぞ」

そう言うと、2羽は鳴きながら翼をバサバサと動かした。
多分、喜びを表しているのだろう。
そして、小屋に残っているニワトリたちが騒ぎ出した。

小屋に残ったニワトリたちは抗議を上げてるつもりか？

そう考えると、こいつら俺の言っていることが理解出来ていることになるな。

前はこんなことを言っても大して反応がなかったと思うが、これもモンスター肉を食べた恩恵なのか？

取り敢えずこいつらを落ち着かせなければな。

「お前ら落ち着け。そのうちお前らも連れて行くから、それまで待て」

そう言ったが、小屋にいるニワトリたちは落ち着かない。

どうしたもんか。

そう思った時、ポチが殺気を込めて一声吠える。

するとどうだろう。

今まで騒いでいたニワトリたちが大人しくなった。

おー、凄いな。

ポチの殺気で大人しくなったわ。

「ポチ、ありがとうな」

ポチの頭を撫でてやる。

するとと、ポチは嬉しそうに尻尾を振る。

しばらくポチを撫でてから移動した。

その際、ハクとコクがちゃんとついて来ているか確認しながら。


ダンジョンに辿り着き、転移陣のあるところまで来た。

さて、ハクとコクも一緒だと起動するのかな？

転移陣の上に俺とポチ、そして、ハクとコクを乗せて起動させようとした。

しかし、しばらくしても全く起動しなかった。

やっぱり、ハクとコクがいると無理なのか。

となると、ダンジョン攻略が進んでいる人に便乗して行くことが出来ない、ということか。

ズルせず攻略しろ、ということになるな。

そうなると、新人を連れてパワーレベリングが出来ないが、仕方がない。

まあ、一緒に連れて行くことが出来たとしても、あまり深いところだと、すぐに死ぬことになりそうだけどな。

そう考えると、浅いところでしっかりと力を付けていくことが出来るな。

ま、ハクとコクにウサギは厳しいだろうから仮に2階に行けたとしても戦わせなかったけど。


さて、ハクとコクがここで通用するか試すためにネズミを探すか。

「ポチ、ネズミがいる場所まで案内頼む」

そう言うと、ポチは一鳴きしてどんどん進んでいく。
そして、進んで行くとネズミと遭遇した。
その数は3匹だ。

「ポチ、1匹頼んだ」

そう言うと、俺は早速ネズミに向かって走り出した。
ポチもすぐに走り出し、指示した通りネズミ1匹をすぐに仕留めた。
残りのネズミ2匹は、俺が首根っこを掴み捕獲した。
ネズミは逃れようと暴れるが、その程度でどうにかなることはない。

「さて、どちらから試したほうがよいかな」

ネズミの強さはほぼ同じだろう。
特に気にするほどの違いはない。
となれば、どちらを戦わせてもよいな。

「取り敢えずハクなら[illegible]れよな」


そう言って、掴んでいた1匹をハクの前に投げた。

ネズミは急に投げられたのが予想外だったのか、うまく着地出来ず背中から地面に落ちた。

ネズミはすぐに体勢を直し、俺に向き直るが戦うのは俺ではない。

背を向けたネズミにハクは向かって行った。

ネズミはそのことにすぐに気づいたが少し遅かった。

その時にはハクはネズミの間近にいた。

そして、そのままネズミを蹴り上げた。


「おお！」


この時のハクを見て、あるゲームのキャラクターを思い出した。

チョコ◯キックだ。

ハクの攻撃はこれで終わらない。

蹴り上げたネズミよりもハクは高く跳び、まるで鷹のように鉤爪《かぎづめ》を振り下ろす。

ネズミは地面に衝突し、ビクビクと痙攣を起こしそのまま息絶えた。

「よくやった、ハク。んじゃ、次はコクの番だ」

この言葉で、ハクは下がりコクが前に出た。

「じゃ、いくぞ」


残っていたもう1匹のネズミを、コクの前に投げる。

この間、ネズミは逃れようと暴れていたため、仲間のネズミがやられたことに気が付いていなかった。

仮に気づいていたとしてもどうしようもなかっただろうが。

コクはハクと違い、ネズミが地面に落ちるのを待たなかった。

ネズミが投げられた瞬間、ネズミに向かって走り出した。

そして、その勢いのままネズミに嘴《くちばし》を突き出す。

コクの嘴はネズミの脳天めがけて突き進む。

嘴は脳天にぶつかるとそのまま頭蓋骨をぶち破り、ネズミの脳を破壊した。

脳を壊されたネズミは、それで命を絶つことになった。


「へえ、コクも問題なく倒せたか。この様子なら、1対1だと問題なさそうだ」

ハクとコクの様子を見ると、大人しく待っている
が、何かを期待しているように感じる。
それは、ポチが褒められるのを待っているのと同じような感じだった。
もしかしてと思い、ハクとコクに近づく。
そして、腰を折りそのまま2羽を褒めながら撫でてやる。
すると、2羽はそれを待っていたかのように喜んでいるようだった。

おお、こいつらもこういうのを喜ぶのか。

なら、これからもちょくちょくやってやるか。

これで、こいつらのモチベーションが上がるなら安いもんだ。


その後、何度かハクとコクのためにネズミを捕獲しては2羽に戦わせた。

このまま、ハクとコクを強くさせたいが、ウサギも狩りたい。

なので、ハクとコクに何度か戦わせた後は2階に向かった。

途中に遭遇したネズミの集団には、ハクとコクは参加させなかった。

ハクとコクには、まだ荷が重いと思ったからだ。

ネズミの集団と戦っている際は、ハクとコクはある程度離れた場所で待機させた。

言うことを聞かないかも、と思ったが、意外にもちゃんと言う通りにした。

ネズミの集団と戦っている時、何匹かは集団から離れハクとコクに向かって行ったものもいた

が、数は1匹か2匹くらいだったので、それくらいならと敢えて追わなかった。

ハクとコクもそれくらいなら問題なく倒せていたので、ネズミの集団と戦う際、わざと2匹くらいをハクとコクに向かわせて、それを倒すように仕向けるようにした。

そうしたことを何度かして、ようやく2階にへ降りる場所に辿り着いた。

そのまま2階へと降りていく。

2階へ降りると、転移陣にハクとコクに一緒に乗り一旦戻る。

流石にハクとコクにはウサギと戦わせるのは早すぎるからだ。

家に戻り、小屋にハクとコクを入れる。


「ハク、コク、お疲れさん。また明日、連れて行くからな。他はもう少し待て。しばらくしたら、ちゃんと連れて行くから」


今回は、そう言っても騒ぐことはなかった。

まあ、後ろでポチが睨みを利かせていた、というのがあるからだろうな。

もしいなかったら、昼のように騒いでいただろう。

その後、もう1度ダンジョンに潜り、ウサギを6羽ほど狩り、肉の確保をしてからまたネズミの集団と戦う。

そして時間が17時近くになったので引き上げた。

今日の成果はいつもより少ないが、ハクとコクがネズミ相手でも戦えるというのは嬉しい。明日も

だった。

もう少しハクとコクが強くなったら、他のニワトリたちを率いてネズミたちと戦ってもらおう。

今のところ、このダンジョンに挑んでいるのは俺たちだけで、他の人は来ないからな。

俺とポチだけでは、モンスターを間引《まび》きしきれなくなるからどうするかが問題の種だったが、これで少しめどが立ったな。

雄ニワトリを1羽手に入れて、ニワトリを繁殖させよう。

で、数を増やしてダンジョンで戦わせよう。

これで、少しは問題を先延ばしに出来る、といいな。

……ポチも嫁さんを探すかな。

で、子供たちにも一緒にダンジョンで戦わせれば、人間と組むよりもいいかも。

人間関係を築くのはめんどくさいからなぁ。

犬を相手にするほうがよっぽどいい。

ポチの嫁にするなら同じ犬種がいいな。

よし、そう決めたら嫁さん探しでもするか。

ポチが気にいる相手がいればいいな。

第21話◉カエル

Episode 21

あれから1ヶ月経つ。

早朝は農業をして日中はダンジョン攻略、夜にはポチの嫁探しなどを行っていた。

昨日ようやく目標としていた、単独でネズミ100匹撃破を成し遂げた。

ポチはどうかって？

ふっ、お前、ポチを舐めるな。

俺よりも1週間前に達成してるわ!!

ハクとコクは単独では無理だが、2羽掛かりならなんとか100匹近く倒せるようになっている。

そして、ハクとコクには他のニワトリたちを率いてもらい、俺とポチとは別行動でネズミたちと戦ってもらっている。

現在のニワトリの数は30羽ほどにまで増えている。

と言っても、ダンジョンに連れて行っているのは以前から飼っていたニワトリだけだ。

あの後、雄ニワトリを2羽ほど入手し少しずつ数を増やしているが、有精卵の数が少ない。

どうやら、うまく受精していないようだ。

孵化《ふか》したヒヨコは全て順調に育っている。

これはかなり珍しい。

普通は孵化しても、そのうちの何羽は死んでしまうものなのだが。

ポチも何度かお見合いをして気に入った相手が見つかり、夜にはその相手の家に何度かお泊まりさせてもらった。

そのお陰で、その相手が妊娠したそうだ。

もし、子供が産まれたら何匹かは貰い受ける約束もしている。

乳離れが出来るまで相手の家に任せることになるが、こればかりはどうしようもない。


そんなことをこの1ヶ月やってきたが、今日はダンジョンの攻略を進める。

一応今までで2階の探索も進めていたので、3階へと続く道も発見済みだった。

メンバーは俺とポチ、それとハクとコクだ。

他のニワトリたちは1階でネズミたちの相手をしてもらう。

ポチたちを率いて2階に行き、さっさと3階へと続く道まで辿り着く。

ここから先は未知だ。

そのことを念頭に入れて未知を進む。

3階に辿り着くと、2階と似た場所だった。

ということは、転移陣があるはず。

そう思い、壁を調べる。

暫く壁を調べると、やはり宝石のようなものが埋まっていた。

それに触ると壁がなくなり、部屋が現れる。
部屋の中央には魔法陣があり、これですぐに戻ることが出来る。
念のために魔法陣に乗り起動させると1階の入り口付近に戻ることが出来た。
なので、転移陣を使い3階に戻ってきた。

「よし、じゃあ進むぞ。先頭はポチだ。頼んだぞ」

ポチを先頭にし、道を進む。
しばらく進むと前方に何かがいた。
いたのはウサギとネズミだったので、サクッと倒しさらに進む。
そうして進むと初めてのモンスターと遭遇した。
そのモンスターはカエルだ。
ただし、巨大なカエルだ。
その大きさは少なくても1mはある。
しかも、全身がテカテカというか、ヌメヌメしている。
うわぁ、戦いたくねぇー。
しかし、そうも言っていられない。
カエルは俺たちを認識すると口を大きく開く。
その瞬間、次の行動が読めた。

「避《よ》けろ!!」


俺はその場から大きく右へ跳んだ。

ポチたちも俺の指示に従い左右へと跳ぶ。

次の瞬間、カエルの口から何かが飛び出した。

しかし、それは誰にも当たりはしなかった。

カエルの口から飛び出した何かは地面にぶつかる。

そして、それはしばらくその場に止まったが少しするとシュルシュルと元に戻った。

その正体はカエルの舌だった。

やっぱりな。

今まで読んだマンガやアニメ、ゲームなどからカエルの攻撃が予測出来たが、予測通りの攻撃だった。

他にも液体の可能性もあったが、それも同じ対応でなんとか出来ると思った。

剣鉈を構えカエルの次の行動に備える。

さあ、次は何をしてくる。

カエルが何をしてきてもいいように目を離さず、すぐに動けるように気を張っていた。

カエルは俺をターゲットにしたのか、俺のほうに向きを変えた。

カエルが何をしてくるのか見ていたのだが、気が付いたらカエルが俺の腹に突っ込んでいた。

そのまま、カエルとともに吹き飛んだ。
俺のすぐ後ろは壁になっていたので壁とカエルに挟まれた。

「がはっ」

なんだ⁉
何が起きた⁉
なんでカエルが突っ込んできたんだ⁉
この時、俺は完全にパニックになっていた。
パニックになっていたが、それもほんの僅かだ。
何故なら、直《す》ぐにポチとハク、コクがカエルに攻撃をしてきたからだ。
それを見て俺も攻撃しなければと思い、剣鉈を逆手《さかて》に持ちカエルの脳天に振り下ろす。
剣鉈は思った以上にすんなりとカエルの脳天に刺さる。
そして、剣鉈が柄のところまで刺さった。
それが致命傷になったのか、カエルは一瞬震えたかと思うと、力が抜け地面に伏した。
念のために蹴ってみるが反応がない。
どうやら完全に息絶えたようだ。
そこで気が抜けると同時に、カエルに受けた攻撃が痛んだ。
カエルの体当たり、いや、突進か？　を受けた腹をさする。

受けた痛みは腹パンを受けたくらいで、さほど痛いというわけではない。

普通に考えればもっとダメージがあっておかしくないのだが、身体向上したお陰かもしれない。

それとも、身に着けているカーボンスーツのお陰か？

まあ、どちらであったとしても大きなダメージではないということが分かればそれでいいや。

背中はほとんどダメージがない。

背負っていたリュックのお陰だろう。

それよりも問題なのは、カエルの動きが分からなかったことだ。

カエルからは目を離してはいなかった。

なのに、動いたことが分からなかった。

なぜだ？

カエルはずっと同じ場所にいたはず。

で、気が付いたら腹に突っ込んでいた。

まるで時が止まっていたかのようだ。

ん？　止まっていた？

なんか、引っ掛かるな？

引っ掛かるということは、それに対する何かがあるってことだ。

思い出せ。

オタクとして覚えた知識を。

どれくらいの時間が経ったのだろうか。

脳をフル活動し、似たような出来事がなかったかを思い出す。

そして、ついに似たようなことを思い出した。

それは、昔やっていた野球漫画の1つに似たような現象があったことを。

その現象は、ピッチャーが投げた球が止まったように見えて、気が付いたら目の前に来ていたというやつだ。

あれの原理は投げた球が打者の目線からずっと同じ高さ、同じ位置にあったため、止まっているように見えた、というやつだった。

もし、その現象が、今回に当てはまっていたとしたら？

カエルは、多分後ろ足で跳んだんだろう。

その足の動きが見えてなかったが、他にはありえない。

で、その時に動いたが、俺には同じ高さに見えていた。

そのために動いていないと錯覚した。

そして、気が付いたら腹に突っ込まれていた。

これなら説明がつく、か？

もしかしたら他の現象かもしれないが、その場合は分からない。

とりあえず、今回起きたことはこの現象だとしよう。

これに対する対処法は、目線を変えればいいはずだ。

目線をちょっと上下か左右に動かせば、動いたかどうか確認出来る。

これからは、そういった動きを取り入れないといけないか。

慣れるまで大変だが、命には代えられない。

さて、今後の対策はこれでいいとして、カエルを見てこいつをどうしようかと悩んだ。

もし、持って帰るならばこいつを解体しないとリュックに入らないだろう。

けど、こんな場所で解体するのはなあ。

解体するならば、ちゃんとした場所で行いたい。

うーん、こうなると本格的にマジックバッグが欲しくなるな。

あれ、有名アニメの猫型ロボットの不思議なポケットと同じように、容量を超えなければ大きさにかかわらずに入るからな。

どういう原理が働いているんだか。

けど、欲しいからって手に入るもんでもないんだよなあ。

滅多に市場に出ないし、出回ったとしても最近はオークションとして出ていることが多いから金額は半端なく高くなるんだよなあ。

この間出たのだと容量が少ないほうなのに1億8000万だったし。

とてもじゃないがそんな金額、出しようがない。

はあ、仕方がない。

このカエルは諦めるか。

持って帰るとしたら、帰るときに出会った場合だな。

倒したカエルをそのままにして、先へ進んだ。

第22話 ◉ 変化

Episode 22

さらに進むこと数分、再びカエルの化け物と遭遇した。

しかもカエル1匹だけでなくネズミが数匹いた。

数えると3匹だった。

数の上では互角だな。

カエルは俺たちを認識すると態勢を整えた。

ネズミたちはすぐさま俺たちに向かってきたが、たった3匹では話にならない。

ポチ、ハク、コクが迎撃しすぐに沈黙させる。

残るカエルはと言うと、俺をターゲットにしたのか俺から向きを変えない。

ま、ちょうどいい。

さっきの出来事が偶然なのか、それとも狙ってやったのかは分からないが、どちらにせよあの動きに対応出来るようにしないとな。

対策として膝を少し曲げ小刻みに少し左右に揺れることで対処とした。

そうやってカエルに対処していると、カエルは大きく口を開いた。

舌か？　それともその他か？

そう思いカエルの挙動を見逃さなかった。
案の定、出てきたのは舌だった。
舌は勢いよく飛び出してくる。
舌の速度はかなり速い。
速いんだが、今の俺にとってはさほどの速さではない。
カエルの舌の速度は、多分だが時速150㎞を超えていると思う。
普通の人だとかなり速く感じるだろう。
プロ野球選手でさえ、150㎞クラスになると空振ることがあるほどだからな。
だが、そんな速度も今の俺にとっては打ちごろの球とほとんど変わらない。
舌が真っ直ぐ向かって来ているのをハッキリと目視《もくし》し、余裕をもって躱す。
しかも、ただ躱すだけでなく通り過ぎた舌を剣鉈で下から切り上げた。
剣鉈はカエルの舌をスパッと切り落とした。
切る時、ほとんど抵抗がなかった。

先ほどのカエルの時もそうだったが、かなりすんなりと刃が通ったな。
もしかして、こいつ結構弱いのか？
いや、そうじゃないな。
あの体当たりはかなりのものだった。

俺には大したダメージにはならなかったが、ハクかコクが食らっていたらかなりのダメージになっていたはず。

それに、３階で初めて出たんだからネズミやウサギよりも強いはずだ。

ゲームなどではそういうパターンだが、時折違う時があるから絶対とは言えないけどな。

なら、俺が強くなったということか？

あまり強くなった実感がないから分からないが、ここの階のモンスターでは相手にならないのかも？

そんなことを考えつつカエルはどうしたかと言うと、舌を切り落とされてかなり痛いのか、その場でじたばたと暴れていた。

しばらくして動きが止まったかと思うと、カエルは俺に向かって跳び掛かってきた。

先ほどはカエルが跳び掛かってくるのが見えなかったが、今度は見えた。

速度としては、舌より速い。

時速１６０㎞から１７０㎞くらいあるか？

まず一般人にはこの速度に対処出来ないだろう。

しかも、カエルはかなり大きい

運よく動けたとしても少し体を動かせるくらいだろうか？

だが、俺にとっては何も問題ない。

なんせポチのほうが速く動くことが出来るからだ。

ポチは本当に速い
時速２００㎞は軽く超えているのではないか？

ちゃんと測ったわけではないので違うかもしれないが、このカエルより速いということには間違いない。

そんなポチの動きを見続けてきた俺にとっては、カエルの動きはあまりにも遅かった。

余裕を持って躱し、後ろ姿を見せたカエルに剣鉈を振るう。

剣鉈を持ち上げ振り下ろす。

俗に言う、唐竹割りという奴だろうか？

剣鉈はスムーズにカエルの体の背中から尻にかけて切り裂いた。

頭の部分を残し、その下が大きく裂けた状態になった。

さすがにこうなってしまっては、カエルも生きていけるわけがなく絶命した。


そして、このとき俺は疑問に思った。

あまりにも、すんなりと切り裂けすぎではないか？　と。

モンスターを倒したことにより、身体能力が上がったのだからこれくらい切り裂けてもおかしくはない。

だが、それは力づくによって強引に切り裂く、という感じにならないとおかしい。

なのに今カエルを切った手応えのなさはなんだ？

あまりにも簡単に、まるで豆腐でも切ったかのような手応えのなさだった。

ふと、剣鉈はどうなっているのか気になり見てみる。

剣鉈をいろんな角度から見る。

正面、横、上などから。

しかし、見た限り以前と変わったところはない。

色艶《いろつや》もほぼ同じで刃こぼれもない、買った時とほとんど同じだった。

それを見て、ようやくおかしいと気づいた。

なんで変わっていないんだ、と。

これだけ使い込んだら、刃こぼれは間違いなくあるはず。

仮に、上手く使ったために刃こぼれがなかったとしても、返り血で変色している部分があってもおかしくないのだ。

流石に、全ての血を取り除《の》けた、とは思っていないからな。

戦闘が終わり、変色しそうな柄と刀身の境目などに血が溜まっていても、簡単に水で流すしかなかった。

なのに、柄の部分も併せて変色しているように見えなかった。

何かおかしい。

この剣鉈、何が起きているんだ？

剣鉈に何かしら変化が起きているみたいだが、それははっきりしない。

現段階で分かっているのは、切れ味がよいことと丈夫だということくらいだな。

それは置いといて、この2点だけを見て[illegible]

あれ？

もしかして、剣鉈だけでなくって、他にも変わっている物もあるかもしれないぞ。

どうなんだ？

俺が身に着けているもので何かおかしいものはないか？

今、俺が身に着けている物は、ヘルメットとカーボンスーツとゴム軍手にブーツ、そしてリュックと水筒だ。

ヘルメットとカーボンスーツとゴム軍手とブーツは特に変わった様子はない。

着心地は以前と比べると馴染んではいるが、丈夫さは分からない。

何故かって？

そんなの、どんだけ丈夫になったのかなんて比べてないからだ。

そりゃ、何度か攻撃を喰らいはしたが、そん時は穴が空いたかどうか見るくらいだし、じっくり調べたときでも綻《ほころ》びがないかを見るくらいだ。

攻撃を喰らった時の違いあるかどうかなんて、気にしてなかったから違いがあったかさえ分からない。

だから、丈夫さに変化があったとしても分からない。

ということで、この4点は取り敢えず棚上げにする。

リュックと水筒についてはどうだ？

変化はあっただろうか？

よ〜く、思い出せ。

ダンジョンに入った頃と今との違いを。

丈夫さについてはカーボンスーツとかと同じで分からないから、そのことは置いといて、他に違いは……。

まずは、水筒。

水の入る量は変化なし。

水の味も変化なし。

保温性は……。

あれ？

どうなんだ？

しっかりと調べてないから分からないが、若干長い、ような気がする。

これは後で検証してみるか。

水筒についてはこれくらいか。

んじゃ、リュックはどうだ。

違いがあるとしたら、容量か。

もし、容量が変わっていたとしたら？

それはもう、マジックバッグだよな。

さて、容量に変化はあったかな？

今までに、リュックに入れていた量を思い出す。

そうすると、おかしいことに気が付いた。

リュックに入れていた獲物の数が違っていたことに。

その時は、獲物の大きさが違うから入った数が違ったのだろう、というくらいにしか思わなかったし、取り出す時も1つ取り出しては解体していたから気が付かなかったが、明らかに入っている量が増えている気がする。

と言っても、獲物がひとつ分、つまりウサギ1羽分ほど増えたくらい、か？

これは後で、しっかりと調べたほうがよいな。

どれくらい入るようになったんだ？

まあ、よい。

取り敢えず、そのことは置いておく。

問題は、この変化がどうして起きたか、だ。

考えられる原因はひとつしかない。

それは、モンスターを倒したことだ。

モンスターを倒したことによる変化は、肉体にだけでなく、身に着けている物にも及ぼすとしたら？

その結果、剣鉈は切れ味が増し丈夫になり、リュックはマジックバッグに変化した。

そう考えると、辻褄《つじつま》は合う。

だが、本当にこの考えが合っているのか？

もしかしたら、他の原因があるのかもしれない。

例えば……、そう、モンスターの返り血を浴びたことによる変化、かもしれない。

今は他に思い付かないが、それ以外かもしれない。

原因は分からないが、身に着けている物は普通の物とは違い変化した、とみてよさそうだ。

このことは知らせたほうがいいか？

だが、モンスター肉の件もある。

もしかしたら、このこともすでに政府は把握しているのかもしれない。

どうするか……。

よし。

しばらく様子を見よう。

そもそも、俺の考えが合ってるかも分からないしな。

そうしようそうしよう。

このことは胸に秘めておくことにした。

第22話　変化

第23話 ◉ 成長

Episode 23

剣鉈などの変化については取り敢えず置いておき、ダンジョンの攻略を進めていく。

あの後、何度かカエルと戦った。

カエルと戦ったのは俺だけでなくポチとハク、コクにも戦わせた。

ポチが戦った時は目を疑うことが幾度かあった。

ポチとカエルでは、体重を比べるとカエルのほうが重いはずなのが、ポチとカエルがぶつかり合った時、吹き飛んだのはポチではなくカエルのほうだった。

この時の表現は、どう言ったら正しいだろうか？

トラックに跳ねられたイノシシ？

ポチがトラックで、カエルがイノシシという感じだろうか？

取り敢えずポチはほぼ無傷で、カエルはほぼ即死だった。

跳ねられたカエルを見ると脊髄反射《せきずいはんしゃ》で痙攣が起きていたが、どう見ても死んでいるのが分かった。

噛み付きなどでなく、体当たり一撃でカエルが即死とは、ポチはとんでもない存在になったな。

そんなポチは、俺のそばでお座りをして俺を見ている。

まるで、『すごいでしょ？　褒めて褒めて』と言っているかのようだ。

そんなポチを見たら、あまりの可愛さに思わず全身を撫で回し褒めてやった。

ポチもそれが嬉しかったらしく、尻尾を振り俺の顔を舐めてきた。

こういうことをしていると、ポチは変わらないなあ、と安心する。


ハクとコクは、2羽掛かりでカエルに挑んだ。

やはり体格の差というのは大きな障害になった。

ネズミやウサギでは、体格の差がなかったのでそれほど問題にはならなかったが、こうも違うと攻撃を与えても、さほどカエルには大きなダメージにはならない。

それでも諦めることはなく、体当たりや蹴りなどを繰り出していく。

ハクとコクは途中から体格の差を利用し、カエルの周りを動き回り、的を絞らせずジワジワと削る方針に変えた。

カエルもそれから逃れようとするが、小回りのきくハクとコクからはうまく逃げることが出来ず、また、攻撃を繰り出しても的が小さいためにうまく当てられない。

ハクとコクにとってカエルは相性がよくないが、カエルに取っても相性がよくないようだ。

ハクとコクはろくにダメージを与えられず、カエルにとっては攻撃を当てられないという状況。

だが、確実にハクとコクはカエルにダメージを与えていった。

その結果、カエルの動きが鈍くなり、最後には全身が傷だらけになって動けなくなった。

そうして、動けないカエルの脳天めがけてハクとコクの嘴が突き刺さる。

この攻撃が致命傷になりカエルは命を絶った。

時間が掛かりはしたものの、無事にハクとコクはカエルを倒すことに成功した。

ハクとコクは、カエルを倒し終わると俺のそばに来てつぶらな瞳で俺を見てくる。

そんなつぶらな瞳で、こっちを見てきたら我慢が出来ないではないか！

膝をついてハクとコクを撫で回す。

すると、それが嬉しいのか、頭を俺に擦り付けてくる。

こういう態度を見ると、ますます可愛く感じる。

俺を萌え死にさせる気か!!

そんなバカなことを考えながらハクとコクを撫で回す。


といったことを何度も繰り返しながら、ダンジョンの攻略をしていた。

そして、いつものように17時近くになったので引き返す。

その際、ちょうど仕留めたカエルを担ぎ持って帰る。

長さ1mもあるカエルを担ぐのはちょっと苦労したものの、さほど重いとは感じなかった。

ダンジョンから出る時は1階に放ったニワトリたちの回収も忘れない。

1階でニワトリたちを発見した時はニワトリたち対ネズミの群れの戦いの最中だった。

ニワトリ10羽に対しネズミの数は少なくとも50匹はいるのではないだろうか？　下手をすれば60匹以上だ。

普通に考えれば、ニワトリたちには勝ち目がない、と判断するだろう。

だが、状況はニワトリたちが押している。

ニワトリたちはうまく連携を取り、うまくネズミをさばいている。

ネズミはどうかと言うと、連携も何もあったもんじゃない。

ただひたすらニワトリに向かっていくだけ。

だが、そんな単純な方法であっても数という暴力というのは驚異的だ。

今のところはニワトリたちがうまく連携が取れているからしのげているが、1羽でも連携を崩せば、たちまち劣勢に追いやられるだろう。

もし、そんなことになったら手助けに入るつもりだ。

ポチとハク、コクも大人しく観戦しているが、劣勢と感じたらこいつらも動くだろう。

何故なら、いつでも動けるようにと、気を張っているのが分かるからだ。

俺たちが手助けに入れば、すぐにこんなネズミは蹴ちらすことは出来るが、それではニワトリたちの成長に繋がらない。

だから、ギリギリまで手を出す気はない。

手を出したくなるのを我慢して、ニワトリたちの戦闘を観戦する。

ニワトリたちはそのままうまく連携を取り、ネズミの数を減らしていく。

そして終盤になり若干動きに陰りを見せるものの、全てのネズミを倒すことに成功した。

それを見て、ようやく安堵の息をつくことが出来た。

それはポチたちも同じだったらしく、張り詰めていた雰囲気がほぐれたのを感じた。

頃合いを見てニワトリたちに向かって足を進める。

「お前ら、よくやった。疲れただろう？　今日はもう帰るぞ。んで、ゆっくりと休め」

声を掛けたことによって、ようやく俺たちの存在に気づいたようだった。

そして、俺を見るとどういうわけか、俺の周りに集まってきた。

ああ、これはあれか、撫でて欲しいのか。

これまでにも幾度となくこういうことがあったからすぐに分かった。

担いでいたカエルを下ろし、膝をつくと一斉に集まってきた。

そんなニワトリたちを順番に撫でていく。

そうするとニワトリたちは喜ぶが、俺にとってもご褒美になっていた。

手触りは、ハクとコクには及ばないもののモフモフしていて、十分に堪能出来る。

全部のニワトリが満足したかは分からないが、ある程度撫で回したところで止める。

でないと、いつまでも撫で続けてしまいそうになる。

それに、あまりこいつらだけを撫でているとポチたちも参加してきて終わりが見えなくなる。

しかし、こういうことをしていると、本っ当に幸せだ。

はっきり言おう。

モフモフは正義だ!!

いつまでも続けたくなる悪魔的な魅力がある。

モフモフ好きならきっと分かってくれるはず!!

あの撫でた時の癒される感じを!!

癒されることを続けたくて、ついつい撫で続けてしまうのは同類ならきっと理解してくれるはずだ!!

モフモフさいっこー!!!

はっ!!

つい理性が飛んでしまった。

いかんなぁ。

こういうことについて考えると、理性がつい飛んでしまうのは俺の悪い癖だ。

少しは自重しなければ。

さてっと、さっさと帰ろう。

下ろしたカエルを担ぎ直して出口へと向かう。

先頭はポチ。

ポチが索敵《さくてき》をしてくれるので、敵に不意をつかれることはまずないから安心して任せることが出来る。

索敵のためだけに、ダンジョンに犬を連れて行くのは結構ありだと俺は思う。

戦闘には参加させなくても、索敵だけで十分に役に立つと俺は思うのだが、そうしている者は極僅からしい。

まあ、どういう方法でダンジョンを攻略するのかは人それぞれだから、何も言えないけどな。

犬の有用性を考えたが、さほど気に掛けたわけじゃない。

ただ、ふと思い付いただけだったからだ。

それに犬を大事にしてくれない人には飼って欲しくないからな　という気持ちの方が大きかったのがある。

ただの仕事道具と思っても大事にしてくれるなら、それは許せる。

だが、粗末に扱う者だった場合は許せない!!

そういう奴がいたら、そいつから犬を解放させたくなる。

そう思っても、実際には何も出来ないけどな。

こういう時は、俺は無力だなぁ。

出来ても、せいぜい通報するくらいだな。

あとは警察にお任せするしかない。

そういうことは起こりうるだろうから、ダンジョンの攻略に犬の同伴は広めようとは思わない。

だから、あまりこういうことは思い付いても実行に移すことはなかった。

そんなことを考えていたら、出口に到着していた。

その日のダンジョン攻略はこれでおしまいにした。

家に着くと、ハクたちを小屋に戻しカエルを解体した。

ポチは自分から小屋に戻るので手間が掛からない。

解体したカエルを調理して食べてみると、食感は鳥と変わらないか?

味は極上の鳥料理と言っていい。

ウサギとは味が違うので、食べ比べても飽きることはない。

ただ、取れる量はカエルのほうが多い。

なんせ１ｍ程もあるカエルだからな。

リュックにはウサギを入れてカエルは担いで持って帰れば、肉に困ることはないな。

ニワトリも増えたことだし、これくらいあって丁度いいか。

もし余るようならば、もう少し増やせばいいしな。

あとは、ダンジョンで気になった水筒とリュックの検証だ。

水筒は同じ型の水筒をもうひとつ取り出し、保温性を調べる。

それぞれの水筒に同じ量のお湯を入れて１時間ほど放置する。

すると、ダンジョンに持っていったほうが、温度が高いことが判明した。

リュックの検証は簡単だ。

リュックに入るだけ入れて取り出すだけだ。

その結果、リュックの容量が１割ほど多く入ることが分かった。

カエルを入れるほどの容量ではないが、増えていることは嬉しかった。

これで、持って帰れる量が増やせるからだ。

このまま、容量が増えていってくれることを祈る。

水筒とリュックは変化があったことが分かった。

こうなるとヘルメットとかも変化があることは、まず間違いないだろう。

剣鉈や水筒、リュックの変化を見る限り、それぞれの特性がよくなる変化だったため、ヘルメットとかの変化は頑丈さが増したと判断してもよさそうだ。

となると、防具を買い替える必要はほぼなくなるな。

壊れることがない限り、使い続けたほうがよりよい防具になるのだから
まあ、それでも買い替えた場合がいいこともあるだろう。
今の防具よりよいものはあるのは確かなんだから。
だから、防具が売れなくなる、ということはない。
とりあえず、今日はこんなところか。
また明日、ダンジョンの攻略を頑張ろう。

第24話◉飲みに誘われる

Episode 24

俺は今、珍しく居酒屋の前にいる。
ダンジョンから戻って夕方頃に電話があり、その時に飲まないかと誘われたのだ。

たまには、こういうのもいいか。

そう思い、その誘いに乗ったためにここにいる。
店の中に入り、俺を誘った相手を探すが、その相手が先に俺を見つけた。

「おーい、拓也。こっちだ」

俺を見ながら手を振っているのは、以前のお見合いパーティーで再会した真司だ。
あの時に連絡先交換をしていて、たまに飲みに誘われていたのだが、その時はダンジョンに入っていて疲れていたので断っていたのだが、今日はダンジョンに入ってもそれほど疲れておらず、また暇だったので真司の誘いに乗った。
真司がいた場所はカウンターだった。

そこに俺は向かい、真言の横を座った。

「よう、久しぶり」

「おう、久しぶりだな。何飲む？　ビールでいいか？」

「いや。日本酒の吟醸《ぎんじょう》を頼む。あるなら大吟醸を」

ビールではなく、大吟醸をカウンターにいた店員に頼んだ。

それを受けて店員は「はいよ」と返事をして棚を漁《あさ》っていた。

「おまっ！　……高いのを頼むなあ。大丈夫なのか？」

「大丈夫だ。どうせ飲むなら美味しい方がいいだろう？」

「まあ、そうだけどよ。けど、大吟醸は高すぎじゃねえか？」

そんなことを言っていたら「へい、大吟醸お待ち」と、店員が透明の液体を入れたコップを置いた。

「お、来た来た」

そのコップを手に持ち匂いを嗅ぐ。

コップから漂う匂いは、日本酒独特のほのかに匂う甘いアルコールの香りがする。

「じゃあ、乾杯」

そんな俺を見ながら真司は「……おう、乾杯」と答えた。

日本酒大吟醸を一口舐める。

くうう、うっめー。

やっぱ、うまいなあ。

この味を知っちまうと、ビールだと物足りなくなるぜ。

これに比べたら、ビールはただ苦いだけとしか感じなくなっちまったんだよなあ。

「美味そうだな、それ。俺も一口いいか？」

「いいぞ」

手に持っていたコップを、真司に渡す。
真司はそれを受け取ると、一口含む。
すると、真司は目を見開き驚いた表情をする。

「旨っ！　なんだこれ⁉　日本酒ってこんなに美味いのか⁉」

「だろ？　これを知ったらビールじゃ物足りないだろ？」

「いや、それは……」

真司は手に持った日本酒とビールを見比べる。

「確かに美味いけどさ、高いからなぁ。手が出せねえよ」

「まあ、そうだな。だから、たまにご褒美として飲むくらいならいいんじゃね？　俺もそうしてるしさ」

「なるほど。それなら……」

「で、わざわざ俺を誘ったのは何か用があったのか？」

「あー、それな。またお見合いパーティーがあったんだが、そこにお前がいなかったからちょっと気になってな」

「はあ⁉　またあったのか、それ⁉」

「なるほど、その様子だと知らなかったのか」

「知るも知らないも、全く聞いていない」

「なるほどなぁ。あれじゃね？　前回のお前の態度が悪いから参加させるのをやめよう、って判断したんじゃないか？」

あり得る。

あん時の俺はほとんど壁に寄り掛かって、ろくに参加してなかったからなぁ。

あれじゃあ、女生徒から苦情が来てもおかしくなかったな。

ま、そのお陰で今回のお見合いパーティーに参加しなくても済んだとしたら儲けもんだったけど。

「ん？　ということは、お前は参加したってことか？」

「ああ、そうだけど？」

「あん時、何人かと連絡先を交換していたよな？」

「……したなあ」

「その女性たちとは？」

「ダメだった。というか切った」

「切った？　なんで？」

「結婚する気がないから」

「はあ⁉　なら、なんで連絡先交換なんかしたんだよ」

「結婚する気はないけど、女は欲しいからな。何回か付き合って、それから別れた」

「お前なあ。……そのうち刺されるぞ？」

「大丈夫だって。相手も納得して別れてるんだ。そうならないって」

「納得って。どうやって、納得させてるんだよ」

「簡単簡単。結婚するなら夜の相性が合わないとダメだ、って言って1回か2回寝て、相性が合わない、って言ってやれば相手も引き下がるから」

「それでも引き下がらなかったら？」

「そん時は、離婚していて子供の養育費を払ってるけどそれでもいいのか？　って聞くとそこで諦めるな」

「……離婚者の強みだな」

呆れた顔で真司を見る。

「使えるものはなんでも使わないとな」

ビールを飲みながら真司はニヤリと笑う。

「そういうお前はどうなんだ？」

「どうって、何が？」

「だから、女だよ、お・ん・な。いるのか？」

「……いねえよ」

「じゃあ、どうしてんだ、あっちの方は？」

「そんなのは、その手の店で処理してるよ」

わかると思うが、その手の店というのは性風俗店のことだ。

デリヘルやソープに行って抜いている。

最近は金の余裕が出てきたから週に1度くらいの割合で行くようになった。

モンスターを倒して若返った影響なのか、性欲が増して1度ではなく2度、3度と行為に至ることが出来るようになった。この回復力もモンスターを倒した影響なのだろう。

で、不思議なことに最近はデリヘル嬢と最後まで行為に至れることが多い。

よく呼ぶ女の子とそういうことになる、と言うのならまだ分かるのだが、初めて会う女の子でもそうなるのだ。

しかも、女の子から連絡先を教えてきたりすることがあるのだが、なんか怖くて1度も連絡したことはない。


「それだと金が掛かるだろう?」

「確かに掛かるけどよ、そういう女がいないんだからしょうがねえだろう」

「なら、作ればいいじゃねえか」

「作ればって、簡単に言うなぁ」

そんなに簡単に作れるなら、彼女なんていねーよ！　と呟いてしまいそうになったが。

これだから、リア充は……。

「それにお前、そんなに顔は悪くはないんだからさ、オタク発言を抑えて普通に会話すればそう難しくはないと思うぞ」

「その前に、女との出会いがない」

「あー、そっか。お前、農家だったたっけ？　んー、よし、移動するぞ」

「移動って、どこにだよ？」

「いいとこだよ。いいから黙ってついてこい」

そう言うと、真司は立ち上がる。

それに従い俺も席を立つ。

会計を済ませ、店を出ると少し移動した。

出て2～3分くらい歩いて行くとある店で立ち止まる。

そこは看板があり、それにはクラブ胡蝶蘭《こちょうらん》とあった。

もしかして、キャバクラ?

「ここだ。行くぞ」

「ちょ、ちょっと待て」

「なんだよ?」

「……ここ、キャバクラ、だよな?」

「そうだけど?」

それがどうしたと、言わんばかりの真司だった。

俺は財布を取り出して中身を見る。

居酒屋で済むと思っていたので財布の中身は2~3万くらいしか入っていなかった。

俺のイメージだとキャバクラは金が掛かるものでしかない。

なので、これだと足りないと思った。

「金が足りない、かも」

「……いくらある？」

「……2～3万？」

「あー、それだと足りねえかもな」

「だろ？　ってことで止めよう」

そう言って引き返そうとすると、真司が肩を掴んできた。

「なんだよ？」

振り返り、真司の顔を見るとニヤリと悪そうな笑顔を見せてきた。

「……知ってるぞ、俺は」

「何をだよ」

「お前が探宮者になって稼いでいることを」

チッ！


それを言われて思わず舌打ちをした。

確かに探宮者になったことを秘密にしているわけでもないし、そのことを知っていても別に不思議じゃない。

問題は、俺が稼げていると知っていることだ。

ダンジョンにいるモンスターを倒して、その素材を売っているのでちょっとしたお小遣い稼ぎが出来ているが、それほど稼いでいるわけではない。

なのに、そのことを真司が知っているのは問題だ。

どうやって知ったんだ？

そのことを聞いてみると、あっけない答えが返ってきた。

おばさんから聞いた、だ。

母さんめ。余計なことを。

「つうわけで、そこのコンビニで金を降ろしてこい。0万もあれば十分だろう」

「……分かったよ」

溜息をつき、諦めてコンビニでお金を下ろす。
真司は10万あれば十分だと言ったが、初めてのキャバクラだ。
もっと使うかもしれない。
念を入れて限界の30万まで降ろそう。
さすがにそれだけあれば足りるだろう。
30万を降ろしたが、財布に入らないので、備え付けの封筒の中に入れる。
それを持って真司のもとに行く。

「下ろしたか？　じゃあ行くぞ」

真司は先頭を切って、胡蝶蘭のドアを開ける。

第25話◉謎

Episode 25

店の中に入ると薄暗く、風俗店らしいと感じた。

そのまま進むと黒い服を着た男性が現れる。

ボーイと呼ばれる奴だろう。

「いらっしゃいませ。どのような子をお付けしましょうか?」

それに対し真司が対応する。

「そうだな……」

真司は俺のほうを見る。

「こいつ、こういうところに慣れていないからサービスのいい子で」

「分かりました。では、こちらにどうぞ」

黒服の男性に導かれ、席へ着く。

「少々お待ちください」

黒服の男性が離れる。

周りの席を見ると、数は少ないが男女が楽しそうに談話していた。

「あんまキョロキョロするな」

「お、おう」

しばらく待っていると、女性が2人現れる。

女性の格好は、よくドラマとかで見る艶《あで》やかとでも言うべきドレス姿だった。

女性自身もかなり美人で、芸能人と言われても納得してしまいそうだ。

その女性のうち1人が声を掛けてくる。

「初めまして。お隣、よろしいですか？」

「どうぞ、どうぞ」

真司はそう言って、隣に招く。
残るもう1人の女性が俺の方を見る。
すると、その女性は驚いた顔をする。
だが、それも一瞬のことですぐに笑顔に戻る。

「失礼します」

そう言ってもう1人の女性も俺の横に座る。

「初めまして、絢香《あやか》と申します」

「あ、はい。初めまして」

「飲み物は何に致します？」

「えーと、日本酒は、ありますか？」

「はい、ございます」

「なら、日本酒の吟醸で」

「分かりました」

そう言うと、絢香は黒服を呼び付け何かを言う。

「お客様は、いつもこういうところに？」

「いや、今日が初めてで」

「あら、そうなんですか？　では、また来たいと思えるように頑張らないといけませんね」

絢香はそう言ってニコリと笑う。

不覚にも、その笑顔にドキッとした。

営業スマイルと分かってはいるものの、こんな美人の笑顔を間近で見ると勘違いしそうになる。

その時、その様子を見ていた真司が声を掛けてきた。

「どうだ、拓也？　なかなかいいだろ？」

「あー、うん。まあ、悪くはない、かな？」

「何をとぼけやがって。惚れました、って面《つら》してよ。お姉さん、気を付けてくださいよ。こいつ恋愛経験がないからストーカー化するかもしれませんから」

「何を言いやがる！」

「事実だろうが。それとも何か、お前は恋愛経験豊富だとでも言うのか？」

「くっ！」

そう言われると、反論が出来ない。

「ほれみろ。まあ、練習だと思って彼女との会話を楽しめ」

真司め。

余計なお世話だ。

そこへ、絢香が慰《なぐさ》めてきた。

「あまり気になさらずに。それよりもご趣味はありますか？」

気を遣《つか》ったのだろう。話を変えてきた。

なので、それに乗ることにした。

「趣味は漫画と読書。それとたまにゲームだな」

「へえ、そうなんですか。どんな漫画を読んだりするんですか？」

「えーっと……」

よく見る漫画を話そうとしたところへ、真司が頭を叩いてきた。

「バカか、お前は？」

「何しやがる、真司！」

「オタク話は控えろって言っただろうが」

……そう言えば、居酒屋でそんなこと言ってたな。

「じゃあ、どんな話をすればいいんだよ」

「だから、もてそうな話をしろって。スキーとか、サーフィンとか。あとはドライブをするとか」

なるほど。

そうなると、

「洋画を見る、とか？」

「……いいんじゃねえか、本当に見てるなら、な？」

「見てるさ。スパイ◯ーマンとか、X－M◯Nとか」

そう言うと、真司は頭を抱えた。

「確かに洋画だけど、それってアメコミが原作だよな？　もっと普通の洋画とか見ねえのか？」

「……アイア◯レジェンドとか、オーシャ◯ズシリーズとかは？」

「そこら辺なら大丈夫、か？　けど、危なそうだな。洋画じゃなくって他の話にしろ」

「他か。……なら、モンスターを倒してる、ってのは？」

「お、いいな、それは。探宮者だったな、お前。その話題はいいぞ。探宮者は話題性があるから女性の食い付きがいいぞ」

「へェ～。そうなんだ」

探宮者は、確かに話題性はあるけど、それで女性は食い付くもんなのか？

そう疑問に思っていたのだが、それは間違いだった。

「え⁉　お兄さん探宮者なんですか⁉」

そう聞いてきたのは、真司の横に座った女性だ。

滅茶苦茶真剣な顔をし、体を乗り出してきた。

「あ、うん。そうだけど」

「その話、詳しく聞かせてください」

しかも、俺の横に座った絢香までが食い付いてきた。


え⁉

何、この食い付きよう？

探宮者って、こんなに女性に人気なの？

「どこで活動してるんですか？　やっぱりこの近くにあるダンジョンですか？」

「あ、いや、そこじゃなくって、ちょっと前に出来た、ここからちょっと離れたとこにあるダンジョン」

「最近出来たダンジョンと言いますと、山の近くの民家に出来たダンジョン、ですか？」

「そう、そこ」

「へぇ〜、そんなところにもダンジョンがあるんだ。何階で活動してるんですか？」

「えーと、3階だけど」

「確か、ネットの情報だと難易度は駅近くのと変わらないダンジョンでしたね？　そのダンジョンの3階で活動してるんですか？」

「そうだけど。君、詳しいね」

「ええ、そういうのは気になるので。こまめに情報収集しているんです」

「確かに、そういう情報は大事だからな。いつダンジョンからモンスターが出るか気を付けないといけないし」

「……ええ、本当に。でないと、自分だけでなく家族にも被害が及びますから」

「ちょっと、絢香、あなたばかり話してないで！　お兄さん、それで1回でどれくらい稼げるんですか？」

そのセリフで、なんで女性の食い付きがいいのか、分かった。

所詮《しょせん》、金目当て、か。

そこに真司が参加した。

「それは俺も知りたいな。どうなんだ」

真司のそのセリフに呆れた。

「真司、お前なあ」

「いいじゃねえか。聞いた話だと、相当稼いでるって聞いたぜ？」

「教えてもいいけどよ」

そこで真司の横のキャバ嬢を見る。

「店を出たらな」

真司は俺の言いたいことが分かったようだ。

「ああ、分かった。……俺も探宮者になろうかな」

「止めはしないけど、オススメはしないな」

俺は真剣な顔をして言う。

その様子から探宮者がどれほど危険なのか、察したようだ。

「それほど、なのか？」

「ああ。気軽になるもんじゃない」

「そうか。金は欲しいけど、死ぬのは勘弁だな。やっぱ、やめよう」

「そうしろ」

「しかし、ダンジョンって、なんで出来たんだろうな？」

「さあな。ネット上ではいろんな憶測が飛び交ってるみたいだけどな」

「へえ、どんな？」

「幾つかあるけど、有力視されてるのは、神罰か試練、若《も》しくはその両方、だな。他にも異世界や異星人からの侵略、っつうのもあるな」

「なんだそりゃ？　神罰はまだ分かるけど、試練ってのはなんの試練だ？　それに異世界やら異星人の侵略って、あまりにも根拠がなさすぎじゃね？」

「さあ？　それこそ神のみぞ知る、ってやつだな」

「ったく、ふざけやがって」

「全くだな」

ダンジョンなんか出来なければ、もっと平和だったのにな。

「全くです。おかげで私は……」

隣にいた絢香が小さな声でそう呟く。

余りに小さかったため、その先何を言ったのか分からなかったが、何かしら迷惑を被ったことが分かった。

そう言えば、以前のお見合いパーティーでもモンスターで何かあったというような女性がいたことを思い出した。

絢香を見つめながら、そのことを思い出した。

「どうしました？」

そのせいで、絢香に不信感を抱かせたようだ。

「あ、いや、ちょっと前にあるイベントでも、モンスター関連[illegible]

なぁ、と思って」

「へえ、覚えていたんですか」

「え⁉　今なんて？」

「いえ、なんでもありません」


絢香はそう言ってニコリと笑った。

その笑顔を見て、なぜか背筋に寒気が走った。

なので、追及することを諦めた。


その後は無難な世間話に切り替え、時間になり席を立った。

別れ際に絢香に耳元で「また会いましょう。鈴木拓也さん」と言われた。

慌てて彼女を見るが、その時には後ろを向いていてどんな表情をしているのか分からなかった。

ただ、目を付けられた、ということは分かった。

店を出て、真司とまた飲むことを約束して別れた。

もし、また真司と飲むことになったとしても、ここには来るまいと決心した。

第26話 ◉ 木箱

Episode 26

いつものように目覚ましのアラームが鳴る。

そのアラームを止めて目を開ける。

上半身を起こし背伸びをする。

天気は曇りだがこれなら問題ない。

ベッドから下りて着替え、早朝の仕事を始める
農薬を撒《ま》かないからこまめに見ないと野菜が虫にやられるため、絶対に手を抜くことが出来ない。


虫にやられたら売れなくなってしまうからな。

そんなことをしている時に、昨夜のことを思い出す。


あの女、一体なんなんだ？

いつの間にか俺のフルネームを知ってるしよ。

下の名前なら、わかる。

何度かあの店で、真司に呼ばれたからな。

けど、上の苗字については出ていなかったはずだ。

なのに、あの女はそれを知っていた。

どっかで出会ってたのか？

でも、あんな美人と知り合っていたら記憶にあるはずだ。

なのにない。

ヤバイなあ。

なんか対策しておいたほうがいいのか？

しかし何をすればいいんだ？

……ん～、分からん。

取り敢えず放置しとこう。

何かあったらその時に対処しよう。


そうやっていつもの仕事を済ますと朝食にする。

ダンジョンに行くため、朝食からエネルギーを取るようにとモンスター肉を食べるようになった。

その日もモンスター肉が出されていてそれを口にする。

その時食べたのはウサギのハツだった。

すると、噛んだ瞬間、ガリッと何か硬い物を噛んだ。

なんだ？　と思い、口の中に指を入れて取り出す。

出てきたのは、小さな石みたいな物だった。

色は薄い緑色をした1㎜くらいの大きさだった。

なんだこれは？　と思っていると、母さんが謝ってきた。

「あら？　それにも、入ってたのね。ごめんね。気が付かなかったわ」

「あ？　もしかして、今までのにもあったのか？」

「そうよ。と言っても滅多にはないけどね」

「ふーん、そうなのか。で、今までに出てきたやつはどうしたんだ？」

「一応取ってあるわよ。色がついていて綺麗だったから」

「あとで見せて」

「いいわよ」

取り敢えず、朝食を先に済ますことにした。

食事が済み、後片づけも済んだ時に、今まで

なった。

石を見せてもらうと、全部で6個で大きさはほぼ同じ1㎜くらい、赤色のが1つで残り5個は緑色だった。

この石がなんなのか気になり、ネットで調べてみる。

検索結果では、一部のモンスターの体内にあるらしく、通称魔石となっていた。

この魔石については今のところ、調査中だそうだ。

ただ、宝石と同じような扱いになっているだけだった。しかも、価値が低いらしい。

ゲームとかだと通貨だったり、魔法道具の材料や燃料だったりするんだが、通貨には出来ないし、魔法道具自体がないから、その手のに使うことも出来ない。

と、今のところ価値のない存在になっているみたいだった。

あと面白いのがあったのが、この魔石を使って魔法が使えないか試した人がいたらしい。

結果？

魔石の価値を見れば分かると思う。

つまり、何も起こらなかったってこと。

まあ、俺も魔石があれば出来るかも？　と思ったけどね。

けど、何も分かっていないだけで、何かしらの効果があるかもしれない。

「母さん、この赤い石持っていっていい？」

「いいわよ。何せ、あんたが獲ってきた肉から出てきたんだからね」

「ありがとう」


そう言って、赤い石を持っていく。

食事の時に出てきた石と合わせて小さな袋に入れる。


さて、この石をどうするか？

ダンジョンの攻略の時に一緒に持っていってみるか。

リュックとかと同じように変化が起きるかもしれないしな。


しばらくして、ダンジョンの準備を済ます。

昨日は正体不明な女が現れたせいで心配事が出来たからな。

その分、今日は頑張るか。


ポチにハク、コク、それにニワトリたちを連れてダンジョンに入る。

ニワトリたちは1階で行動してもらう。

「いいか、いつも言っているようにバラバラになるなよ。全員一緒に行動しろ。[illegible]

そう言って、ニワトリたちを1階に放つ。

ニワトリたちを見送り、俺たちは転移陣に乗る。

行き先は3階だ。

3階に移動すると、いつもの陣形で先に進む。

3階に出てくるカエルとの戦いは問題にならなかった。

ならば、その先、4階のモンスターはどうだろうか？

戦ってみないと分からないが、ポチがいればなんとかなりそうな気がする。

もちろんハクとコクも頼りになる。

その前に4階に行く道を探さないといけないが。

ということで、今日の目標は4階へ続く道を探すことだ。


3階の道を進むと、カエルやウサギ・ネズミが出てくるが余裕を持って倒すことが出来るが、油断は出来ない。

特にカエルだ。

カエルの攻撃の突進は、ハクとコクが食らえばかなりのダメージを負うことが予想出来る。

なので、カエルと戦う時は俺かポチがサポートに入れるようにした。

もう少し、ハクとコクが強くなれば安心して任せられるんだが、慌てずに育てていこう。

無理をするとたたると言うからな。

無理はよくない。

4階への道を探すことと同時に、ハクとコクが強くなるようにこの2羽には多めにモンスターと戦ってもらった。

と言っても、それほど多いというわけではない。

5匹いたらそのうちの3匹をハクとコクに回したという感じだ。

もちろんカエルを、だ。

他のはだいたい平等になるように倒していった。

そうして先に進むと、行き止まりの部屋に辿り着いた。

その部屋にはモンスターはいなかった。

その代わりに木箱が置いてあった。


木箱？

なんでこんなとこに木箱があるんだ？


しかも、部屋の中央にこれ見よがしにドンと置いてある。


怪しい。

怪し過ぎる。

木箱ってだけでも怪しいのに、中央に置いてあるのも怪しい。

さて、どうするか？

ポチたちも、どうするの？

という風な感じで俺を見てくる。

無視して他の場所に行ってもよいが、もしかしたら、あの箱の中によいものが入っているかもしれない。

そう思うと、他の場所に移動するのに未練が残る。

取り敢えず、木箱に近寄ってみよう。

「お前らは待機。危ないと思ったら逃げろ」

そう言って、ゆっくりと木箱に近寄る。

先《ま》ず、床を確認する。

足で、床を軽くつついてみるが特に変化はない。

次に足を一歩踏み出し、体重をゆっくりと乗せてみる。

それでも特に変化はなし。

それを繰り返し、ついに木箱にたどり着く。

木箱の大きさは横１ｍ縦80㎝奥行き50㎝くらいだった。

ここまでは特に問題はなかった。
となると、この木箱の中に何か罠があるのか？
慎重にいこう。

木箱に変わったところがないかを確認する。
木箱の周りを回りながら変なところがないか見るが、それもない。

見た目で変なところはない、か。
後は、開けてみないと分からないな。

蓋に手を掛ける。
先ずは、蓋が開くかを確認する。
ちょっとだけ蓋を上げてみる。
するとスムーズに上がる。
上げた時に特に変な感覚もなかった。

罠は、ない、か？
あった場合、すぐに離れられるように注意しよう。

蓋をしっかり持ち、ゆっくりと上げていく。
完全に上がり、木箱が開いた。
罠はなかった。
大きく息を吐き安堵する。
中に何が入っているのか確認すると、小さな小瓶だった。
大きさとしては栄養ドリンクの瓶と同じくらい。

しょぼ!!
箱の大きさに対して、中に入っているのがこんな小さな瓶かよ!!

そんなことを思いつつもそれに手を伸ばす。
手に取り瓶の中身を見ると液体が入っているのが分かった。

なんの液体だ?
この手の定番だと、ポーションになるが、口にするのは怖いな。
一応持って帰るか。

小瓶をリュックに仕舞う。
この部屋には他に何もなさそうだった。

入り口に待たせたポチたちのもとに行く。

そしてポチたちと一緒に道を引き返して行く。

引き返している最中にふと思った。

ああ、あれ、宝箱だったんだ、と。

宝箱っぽくなかったため、そうとは思えなかったが、アイテムが入っていたので宝箱だったのだろう。

初の宝箱があんなのだとはな。

イメージしていた宝箱とはかけ離れすぎだ。

もしかして、これからもあんな感じの宝箱なのか?

だとしたら、やる気が落ちるわ。


結局その日に4階へと続く道を見つけることが出来ず途中で引き返すことになった。

手に入れた謎の小瓶はどうすればいいのか悩むことになったが、宝箱があったことは朗報だった。

1階と2階には全く見当たらなかったのだから。

これから先に宝箱を探すことも楽しみになった。

ただ、木箱とかはやめてほしい。

せめてそれっぽい箱にしてくれと思う。

第26話　木箱

第27話 ◉ 4階

Episode 27

あれからさらに1週間が経つ。

あの時に手に入れた小瓶は、モンスター素材を買い取るところに預けた。

なんでも、ああいう未知の薬みたいなものを調べることもやっているらしい。

検査結果が出るのはかなり先になるらしく、早くて1ヶ月くらいか、遅いと1年以上待つことになるかもしれないと言われた。

さすがに1年は厳しいが、長引く時は買い取ることになる場合が多いらしい。

値段はその時で変わるが、少なくとも数10万、多ければ数100万以上で買い取ると言われたので、その値段なら今すぐ売ると言ったが、今は未知の薬なので買い取る場合1000円になると言われた。

さすがにそんな値段で売る気にはなれなかった。

なんで、そんなに値段が変わるのか聞くと、検査する費用がかなり掛かるらしい。

1ヶ月で10万前後は掛かるとか。

しかも、あまり価値がないものもあるため、未知の薬の場合は値段が安くなるそうだ。

因みに、今回の薬の検査の費用は後から請求されるそうだ。

小瓶についてはこうなった。

３階の探索は順調に進んだ。

４階への道も発見出来たが、３階で他の宝箱は見つからなかった。

まあ、宝箱は滅多に出ないらしいし、浅いところで手に入るものはそれほど価値がないとのことなので、それほどこだわる必要がないと言われた。

浅いところでは宝箱より、モンスターの素材のほうが高く売れることが多いからモンスターを狩りまくれ、と素材屋の店長に。

特にウサギの耳をもっと持って来いと言われた。

なんでも、ウサギの耳を加工したナイフを新人に使いやすい武器として売り出したところ、予想以上に売れているために幾らあっても困ることがないそうだ。

おかげで買い取り価格がひとつあたり２０００円前後をキープしていたので、かなり稼がせてもらった。

今までに持ち込んだウサギの耳の数は、最低でも１０００個は越えている。

つまり、稼いだお金は２００万を越えているということだ。

この稼いだお金は新しいトラクターの資金に充《あ》てた。

足りない分はローンを組んだが、この様子ならあと数ヶ月で返済出来そうだ。

以前のトラクターは10年以上前に購入したやつだった。

その古いトラクターを売った場合いくらになるか聞いたがあまりに安すぎたので、壊れた時のための予備として持っとくことにした。

っと、話が逸れたな。

4階へはまだ行っていない。

ハクとコクに不安があったためだ。

ハクとコクの2羽掛かりならカエルを倒せていたが、4階に出るモンスターは普通に考えればカエルより強いはず。

そうなると、カエルで苦労しているこの2羽には厳しいだろうと感じた。

その不安を解消するために3階でカエルを探してはハクとコクに戦わせていた。

お陰で力を付けて、余裕とは言えないが1対1でもカエルに勝てるくらいにまで強くなった。

力の上昇率はカエル1匹に対しネズミ2、3匹分くらいはあるんじゃないだろうか？

感覚的なものだし、しっかりと検証したわけではないので若干違うかもしれないが、大きくは間違えてはいないだろう。

そんなカエルを1日に最低でもそれぞれに20匹は戦わせた。

多い時は30匹を超えていたときもあった。

それだけの数を探すのには苦労した。

カエルはネズミみたいな集団でいるわけでなく、普通は1匹だけ、多くても2匹だったからだ。

そのため、索敵の移動はほとんど走りっぱなしになった。

昔のダンジョンに入る前の俺だったら、10分どころか1分も走っていられなかっただろう。

それが今では、1時間近く走っても息が大きく乱れることはない。

しかも、世界のトップマラソン選手と同じかそれ以上の速度で走っているはずだ。

どれくらいの速度なのかと言うと、大体20㎞ちょいくらいだろう。

そんな速度で走っているのにまだ全力ではない。

自分の判断では6割から7割くらいに感じていた。

こういった違いを体感すると、モンスターを倒すことによる恩恵はすごいと感じる。

と言うか、そもそもニワトリが、こんな化け物ガエルを倒せることがおかしいんだけどな。

普通ならば、カエルに一口で飲み込まれて、はい、終わり、となるはずなんだが、逆にカエルを倒すんだもんな。

何かと色々おかしい。


ま、まあ、そのことはおいておくとして、だ。

4階に挑むだけの力は付いたと判断し、4階へと進んだ。

4階に着くといつものように、転移陣を見つけてうまく作動するか確認したが問題なかった。


さて、4階に出てくるモンスターはどんな奴なんだろうか?


4階の道を慎重に進んで行く。

進んで行き、出会うモンスターは今までにあったモンスターばかりで、新しいモンスターがなかなか出なかった。

だが、遂に新しいモンスターと出会った。

そのモンスターは巨大カマキリだ。
その大きさは人とほとんど変わらない。
１６０㎝から１７０㎝はあるのではないか？
そして、普通のカマキリとの１番の違いは、なんと！　鎌が４つあることだ。
人間で言えば腕が４本あるようなものだ。
鎌のある位置は、２つは普通のカマキリと変わらない。
残る２つは人間で言えば腰のあたりにあった。
しかもその２つは上２つとは反転したような構えで、邪魔になっていない。
そんなカマキリが１匹だけでなく４匹もいた。
数の上では同じだが、どうなんだろう？
なんとなくだが、こっちのほうが不利に感じる。
多分だが、まともにカマキリを倒せるのはポチだけなのではないか？
カマキリの強さだが、俺より若干強いと感じる。
力の差は6対4でカマキリが有利という感じか。
圧倒的な力差ではないが、戦うには厳しい。
ハクとコクは２羽掛かりで、１匹と戦っても厳しいだろう。
そうなると、事実上３対４ということか。
どうする。引くか？
しかし、引くにしても、こいつらが見逃してくれるのか？

完全にこっちをロックオンしているぞ
様子見で少し下がってみるか？
「取り敢えず、少し下がるぞ。ゆっくりと、な。いいか、ゆっくりとだぞ」
そう指示し、ゆっくりと下がり始める。
1歩、2歩と下がるが、反応はない。
そして3歩目になった瞬間、1匹のカマキリがこちらに向かって飛んで来た。

やばい!!


速度はそれほどではない。カエルとほぼ同じくらいか？

ただ、突っ込んできたのなら躱すのはさほど問題はなかっただろう。

だが、カマキリはただ突っ込んできただけではなかった。

4本の鎌を構え、避けた瞬間鎌を振ってきた。

ポチは問題なく避け切ったが、俺とハク、コクはそうはいかなかった。

俺に向かってきた鎌は、剣鉈で防ぐことが出来たが、かなりの威力で体勢が崩れた。

ハクとコクは完全に躱し切れず、体の一部を切られていた。

傷自体はそれほど深くはなさそうだが、やはり、ハクとコクにはカマキリと戦うのは無理そう

だ。
カマキリはそのまま進み、少し先で待ち構えた。
つまり、前と後ろに挟まれた状況へと陥った。拙《まず》い、拙すぎる。
後ろにいる1匹だけならば全員で挑めば倒せる。
しかし、その間に残りの3匹が大人しくしている保証がない。
下手をすれば、後ろから切られることになる。
どうする？
どうすればいい？
そう悩んでいる間にカマキリたちはじわじわと近寄り距離を縮めてくる。
このまま、じっとしていてもカマキリたちに襲われるだけ。
それならば‼
一瞬で決断する。
「ポチ‼　後ろの奴を倒せ‼　ハクとコクは俺と一緒に時間稼ぎだ‼」
俺が真ん中に立ち、左右にハクとコクが並ぶ。

そして、後ろではポチとカマキリの戦いが始まる。

俺たちが生き残れるかどうかはポチに賭けることにした。
ポチがカマキリを倒せるまで、俺たちが堪《た》えきれることが出来ればなんとかなる。
しかし、先に俺たちが倒れれば、そこでおしまいだ。

くそったれ!!
なんで、ここまで強くなってるんだ!!
しかもこの数はないだろうが!!
たったひとつ下に降りただけだぞ!?
とにかく、こいつらから時間を稼ぐしかない。
頼むぞ、ポチ。
俺たちの運命はお前に掛かってるんだからな。
そう思いつつ、カマキリと対峙《たいじ》することになった。

第28話◉危機

Episode 28

対峙するカマキリたちはじわじわと迫ってくる。

このままだと、戦端が開かれるまでもう少し時間が掛かりそうだ。

チラッと、ポチのほうを見る。

すると、ポチの動きはブレードラビットと同じようなことをしていた。

ただし、速度は段違いだが。

ウサギの動きは余裕で目で追うことが出来るが、ポチの動きは距離があるのになんとか見えるというほどだった。

下手をすれば見失うほどのスピードで動き回っている。

その動きをカマキリは見えるのか、鎌でポチの動きを防ぐ。

しかも、それだけでなく他の鎌で反撃をする。

しかし、ポチは防がれるとすぐに離れるため、カマキリの攻撃は空振りになる。

ポチとカマキリの戦いは一見するといい勝負に見えるだろう。

しかし、実情は違う。

ポチの攻撃をカマキリはなんとか防いでいるという状況。

少しでも防ぐタイミングが狂えば、ポチの攻撃はカマキリに通る。

それに対し、カマキリの攻撃は完全にポチに見切られている。
鎌で反撃をしているが、当たる気配がしない。

この様子ならば、時間は掛かるだろうがポチが勝つだろう。
問題はそれまで俺たちが持つか、だな。

視線を戻し、目の前のカマキリたちを見る。
カマキリたちはゆっくりと迫って来る。
どうやら、俺たちを格下と見下すことなく油断せずにゆっくりと迫っているようだ。

くそ！
少しでも油断してくれれば、それが元で隙が出来るのにちっとも隙が見当たらねえ。
分《ぶ》が悪すぎる。

カマキリたちがゆっくりと迫るが、俺たちは動かない。
なぜならば、カマキリたちがゆっくり来ればその分時間が掛かる。
わざわざ自分たちから迫って時間を潰す必要はない。
ただ、プレッシャーが半端ないが。
カマキリたちが近づけば近づくほどプレッシャーが増す。

そのプレッシャーに耐えて、俺の間合いに入るのを待つ
そして、あと1歩の距離というところでカマキリの鎌が動く。
カマキリの鎌は、まるで槍のように突き出してくる。
しかも速い！

くっ！

その鎌をなんとか受け流すことに成功した。

ちっ！
間合いが遠い‼

カマキリは俺の間合いの外から次々と鎌を繰り出してくる。４本の鎌をだ。
しかも、鎌は上と下からという、攻撃してくる位置が違うために受けるのが難しい。
その連続の攻撃を避け、受け、流す。
なんとか対応出来るが、ギリギリだ。
とてもではないが反撃なんか出来そうにない。
少しでも失敗すれば鎌が俺を襲うだろう。
多分カーボンスーツも強化しているのだろうが、この攻撃に耐えきれるか分からない。

と言うことは、この攻撃を受けるわけにはいかない。
ひたすらに、躱す。
躱しきれない奴は受けるか、受け流して凌《しの》ぐ。
だが、受けるか、受け流すと、次の攻撃が躱しづらい。
結果、また受けるか、受け流すという選択になる。
これがかなりキツイ。
カマキリの攻撃はかなり威力があるため、下手に受けると手が痺れる。
受け流しも少しでも下手にで受けでもすれば体に当たることになる。
本当に命がけで守りに徹している。
しばらく、そんなことをしていると右から「コケー」という鳴き声が聞こえた。
なんだと思いチラッと見ると、ハクが吹き飛び壁にぶつかっていた。

マズイ!!

そうは思うものの、その場から動けない。
下手に動けば俺もやられてしまう。
反対側のコクに目をやるが、コクもかなり追いやられている。
と言うか、今も保《も》っているのが不思議なくらいだ。
ハクと戦っていたカマキリはトドメを刺すべく、ハクへと向かう。

このままハクがやられればもう時間の問題だ。
その後、俺でもコクでもどちらかに加勢されたらすぐに詰むだろう。
後は、ただやられるだけになる。

クソッタレ!!
もう限界だ!!

やけくそになって突っ込もうとした時、視界の隅に何かが通った。
そして、気がつくと、ハクに迫っていたカマキリが吹き飛ぶ。

なんだと思うと、そこにはポチがいた。
ポチはそのまま、カマキリの首を噛みちぎる。
噛みちぎられたカマキリはそれで絶命した。

助かった!
これならばなんとかなる。

「ポチ!!　コクを!!」

それだけでポチは理解したのか、コクの方へ向かう。

ポチの加勢により戦況は引っくり返った。

もう、慌てる必要はない。

腰を据えて目の前のカマキリに集中する。

やることは先ほどと同じだ。

ただし、心の余裕が生まれたために落ち着いて行動が取れた。

それどころか、カマキリの攻撃に剣鉈を上手く合わせて弾《はじ》くことが出来るようになった。

それにより、1歩前に出ることが出来た。

そう、1歩を、だ。

そこは俺の間合いの範囲だ。

今まで守り一辺倒だったが、時折反撃出来るようになった。

俺とカマキリの攻防は一進一退だったが、俺が上手くカマキリの鎌を切り離すことに成功した。

そこからはもう俺のターンだった。

4本あって互角だったのだ。

それが3本に減ったために、カマキリの攻撃回数は当然減る。

そうなれば、俺は守ることが楽になり攻撃回数が増える。

そしてまた、鎌を1本切り落とすことに成功する。

カマキリの鎌の数は半分の2本になり、さらに攻撃回数が減り、逆に俺の攻撃回数が増える。

カマキリは攻撃するよりも受けに回ることが増え、時折、俺の攻撃がカマキリの体に当たるようになる。

しばらくはカマキリも粘ったものの、ついに、俺の攻撃が綺麗に入りカマキリの首を刎ねること に成功した。

首を刎ねられたカマキリは、ゆっくりと倒れていく。

カマキリが死んだかどうか確認するため、しばらく様子を見ていたが動き出すことがなかった。

そこでようやく倒せたんだと一息つくことが出来た。

一息ついたことでポチたちがどうなったのか気になった。

慌てて周りを見ると、ポチとハク、コクが1ヶ所に集まって俺のほうを見ていた。

それによって、もう1匹のカマキリも倒せたことが分かった。

そうなるとハクのことが気になった。

なんせ、ハクは吹き飛ばされて壁にぶつかっていたのだから。

ハクの元に行き、ハクの体を調べる。

ハクの体は所々血の痕《あと》があるものの、血自体は止まっていた。

触った感じでは骨に異常は見当たらなかった。

どうやら、大怪我をしてはいないようだった。

そのことが分かり、安堵の息を吐く。


「よかった。大きな怪我はしてないみたいだ」

そのままハクの体を撫でる。

しばらく撫でて、ポチへ向き直る。

「ポチ、助かった。お前のおかげで俺たちは生き残ることが出来た。ありがとう」

感謝の念を込めポチの体を撫でてやる。

ポチは嬉しそうに体を擦り付けてくる。

そのままポチが満足するまで撫でてやる。

ポチが満足したら、ハクとコクへ向き直る。

「ハク、コク。よく頑張った。お前たちの頑張りで、ポチが間に合うことが出来た。偉いぞ」

今度は、ハクとコクを撫でてやる。

ハクとコクも嬉しそうに体を擦り付けてくる。

しばらく撫でてやり、それが済むと辺りを見渡す。

すぐ近くにはカマキリの死体が3匹、少し離れたところにもう1匹ある。

このうち3匹をポチによって倒したが、もしポチがもう少し遅れていたら、立場は逆転していたことだろう。

さすがにポチでもカマキリを3匹同時に相手にしたら勝ち目はなかったはずだ。逃げることは出来ただろうが。

ここに挑むのは少し早かったな。

もうしばらく3階で力を付けてから挑み直そう。

取り敢えず、鎌だけは持って帰ろう。


カマキリから鎌を切り離し、それを集めた。

鎌はぱっと見、それほど傷がついてはいなかった。

ついていたとしても、俺と戦った奴だけだろう。

その鎌をしまい、来た道を引き返す。

帰るときにカマキリと会うことはなく無事にダンジョンから出ることが出来た。

その日はもうこれでダンジョンに潜ることをやめた。

それだけ、カマキリとの戦闘で疲労していた。

あのまま3階でモンスターと戦えば、大怪我とはいかなくてもしなくていい怪我を負っていたかもしれない。

それにハクも大怪我をしてはいなかったが、ダメージはかなり負ったはずだしな。

そんないろいろなことから判断して、ダンジョンの攻略を中断することにした。

第29話◉訪問者

Episode 29

「ただいま」

そう言いながら家の中へと入る。
そして靴を脱ごうとした時、見覚えのない靴がある。
形や大きさからいって女性の靴だ。
誰だろうと思いつつ、玄関を上がると母さんが出てくる。

「やっと帰って来た。拓ちゃん、お客さんよ」

「客？」

「そうよ。しかし、拓ちゃんいつの間にあんな子と知り合いになったのよ。お母さんに知らせてくれてもいいじゃないの。手土産《てみやげ》まで持ってきて、しっかりした子ね」

「はあ⁉」

何言ってんの？

って言うか誰が来てんだよ、まったく心当たりがないんだけど？

そう思いつつ誰が来ているのか確認するため、居間に向かう。

そこには若い女性がいた。

ボブカットのメガネをしている若い女性だ。

どこかで見た記憶がある。

誰だっけかな？

そう思っていると、女性は頭を下げてきた。

「久しぶりです。拓也さん」

「あ、どうも」

こちらも頭を下げる。

しかし、誰だったのか思い出せない。

相手は俺のことをしっかりと覚えているようだが、どこで会ったんだけ？

「この姿で会うのはお見合いパーティー以来ですね」

そう言われて思い出した。

あの時に俺に絡んで来た女性だと。

思い出した、ということを表に出さないようにしないとな。

相手に失礼だ。

「ええ、そうですね。あれ以来ですから1、2ヶ月ぶりですね」

そう言うと、何故だか笑われた。

「気づいてないのですね？」

「気づいてないいって、何がです？」

女性が何を言っているのか、わからない。

ただ、そのセリフから他でも会っているらしいが、会った記憶はない、よな？

そう思っていると、女性が動く。

「これならどうでしょう？」

女性はメガネを外し、髪をかき上げた。

その顔に見覚えがあった。

「あ！　あんたは絢香！」

そう。この間真司に連れられて行った、胡蝶蘭のキャバ嬢の絢香だ。

「ええ、そうです。拓也さん」


あちゃー。

あのキャバ嬢、この人だったのか。

まあ、だとしたら納得いく部分もある。

何故、教えていなかった名字を知っていたのか。

それは、お見合いパーティーで俺が名乗ったからだ。

それを覚えていたのだろう。

出来れば関わりたくなかったが、あのパーティーの関係者に聞けば俺のことなんかすぐに分かるよな。

はあ〜。

全く、ついてない。

「それでなんの用でしょうか？　絢香さん」

そう呼ぶと、絢香は苦笑をした。

「あの、絢香ではなく、澪《みお》と呼んでください」

「澪？」

「はい。私の名前は、澪。鈴原《すずはら》澪です。絢香は源氏名《げんじな》ですので」

「あー、分かりました」

しまった、ミスったな。
これじゃ、あなたの名前覚えていませんよ、と言っているのも当然だ。
いや、まだ大丈夫だ。
敢えて皮肉で源氏名を呼んだ、という風にもとらえられる、かもしれない。
けど、まあ、気づかれてるよな。
キャバ嬢が、そう言う機微に気づかないはずがない。

ちらっと、澪の顔を見てみると、ニコッと笑われた。

うっ、やりづらい。
キャバ嬢をやっているだけあって、かなり様《さま》になっている。
下手なことをしたら、そのテクで骨抜きにされかねない。
気を付けないとな。

気分を変えるために、自分で茶を注いでそれを一口飲む。

「もう1度聞きますね。なんの用でしょうか？」

そう聞くと、澪は姿勢を正し真剣な顔つきになる。

「その前に、一言言わせてください」

すると、澪は両手をついて頭を下げてきた。

「お見合いパーティーでは怒鳴ってしまい、すみませんでした」

いきなり謝られたので、戸惑う。

別にあのことは気にしていなかったので、まさか謝られるとは思わなかった。

「そのことについて、別に気にしてません。ですので顔を上げてください」

「ですが、私は何も知らずに身勝手にも怒鳴ったのです。これくらいはしないと気が済みません」

「分かりました。分かりましたので、顔を上げてください」

そこまで言って、ようやく顔を上げてもらえた。

「そのことはもう気にしないでください。忘れていたくらいですので」

「そうですか。分かりました」

その場の空気を変えるため、わざと咳をした。

「それで、改めてお聞きしますが、なんのご用でしょう？」

そう尋ねると、澪は姿勢を正した。

「拓也さんは、探宮者として活動されていますよね？」

「ええ、そうですが？」

「私も探宮者になりたいのです」

「えーと、探宮者に？」

「はい、そうです」

「それでしたら、市役所のほうに行かれればすぐにでもなれますよ」

「そういう意味ではありません！」

俺の言った言葉が気に入らなかったのか、澪は激昂して机を両手で叩く。

「じゃあ、どういう意味で？」

「探宮者として、やっていける力を付けたいんです！」

「ああ、なるほど。それで、実際に探宮者をやっている俺のもとに来た、と？」

つまりは、俺に教えを乞いに来たのか。

そうと分かると、緊張が抜けた。

これなら敬語で話す必要もない。

「そういうことです」

「だけど、あの場にはもう1人探宮者として活動していると言ってた奴が[illegible]

もとには行かないのか？」

「行きました。けど、あの人、口では大げさなことを言ってましたが、全然ダメです」

「ダメって、どういう風に？」

「あの人は、ダンジョンにはよくて週に1回、しかも1階層でなんとか活動出来るというくらいでして、毎回やっとモンスターを倒せた、という感じでした」

「ああ、そうなんだ」

なんだ、あいつ見掛け倒しなのか。

もっと、すんなりと戦えているもんだと思ったんだがなあ。

ん？

なんか、自分で見たように詳しく話すな。

どういうことだ？

聞いてみよう。

「ところで、まるで見ていたように話すね？」

「ええ、観ていましたから」

観ていた？

ということは……。

俺は澪をじっと見る。

その意味が分かったのだろう。澪は頷く。

「私は探宮者の資格を持ってます。それで同行させてもらいました」

なるほど。

それならば、納得出来る。

「そういうわけで、その人はダメです。それに対し、貴方はここのダンジョンですでに3階に行って活躍しているそうですね？」

「活躍しているかは、分からないけど、それなりには」

確かに3階でカエルを相手にして余力を持って倒せているけど、それを自分から活躍しているというのも、なんか憚《はばか》られるからな

「ここのダンジョンと駅近くにあるダンジョンは、公式ではほぼ同じ難易度になっています。ここのダンジョンの3階でやっていけるということは、駅近くにあるダンジョンの3階でもやっていけるはずです」

「本当に難易度が同じならね」

「そして、駅近くのダンジョンの3階以上で活動している探宮者は少ないです」

「うん、そうだね」

以前ネットで調べたことがあったけど、その時に3階以上で活動しているものはダンジョンに潜っている割合の2割ほどだったし、あれからそう時間はたっていないから増えていたとしても極少数だろう。

「つまり、貴方はこの地域ではトップクラスと言っていい探宮者です」

「あ、そうなるのか」

あんまり気にしてなかったけど、そう言われると、そうなっていたのか。

そうかそうか、いつの間にかこの地域のトップクラスになっていたのか。

全く気にしてなかった。

だけど、こういうことって自分で気づかないと拙いんだろうな。

「そのトップクラスの探宮者に、教えを乞いに来ることは、不思議なことではないと思いますが？」

「あ、うん。そう言われると、そうだね」

強い人に教えを乞うというのは当たり前なことだ。

ただ、その立場になるとは思わなかった。

何故なら、俺はまだまだと思っているからだ。

本当の強者というのは、以前ここにきた自衛隊の人たちだからな。

あの人たちと比べれば、俺はまだまだだ。

比べる対象が間違っていると思うかもしれないけど、いつかはあのクラスに、いや、それ以上にならないとダンジョンをクリアすることは出来ない。

だから、俺は自分が強い者、という感覚が持てない。

そんなことを考えていると、澪が手を畳に付け頭を下げる。

いわゆる土下座の姿だ。


「お願いします。探宮者としてやっていけるようにしてください!!」


それを見て、澪の決心が強いことが読み取れる。

ここで「だが、断る」と言えたらいいんだが、ここまでしている人を断ったらどれだけ冷血漢なんだよ、ってなる。

それに、そのことを母さんに言い触らされそうだ。

土下座をさせた段階で、すでに断れないっつうの。

土下座は一種の脅迫だな。

まあ、そのことは一旦置いといて、だ。

ダンジョンに他の人が来てほしいとは思っていた。

それを考えれば、澪の頼みを聞く、というはありかもしれない。

上手く育ってくれれば、ダンジョンを攻略するために役立つだろう。

あれだ、プリンセス○ーカーをやっているつもりで澪を育てていけばいいか。

但し、失敗は許されない。

失敗＝死なせる、だからな。

澪を育てる覚悟を決める。

「分かった。どこまで出来るかは分からないけど、それでもいいなら」

「はい！　それで充分です‼」

顔を上げた澪は満面の笑みを浮かべていた。

それを見て、普通に可愛い、と思った。

あとがき

初めまして、ダンマスことダンジョンマスターです。


本作は第4回ネット小説大賞、受賞作品です。

もともとは「小説家になろう」で掲載中の作品です。

「小説家になろう」を知ったきっかけは、詳しいことは言えませんがある小説です。

その小説のおかげで、「小説家になろう」というサイトを知り、素人でも小説を掲載することが分かりました。

最初の内はただそのサイトに掲載されている小説を読んでいるだけでしたが、そのうち自分も書いてみたくなり、コツコツと書いており、それを応募したところ見事受賞することが出来ました。

受賞になったときの気持ちですが、正直「え!?　本当に!?」というものでした。

その後、書籍作業を始め、ついに書籍になりました。


内容を少し話しますと、現代世界にダンジョンが出来てしまい、そこにはモンスターが徘徊。

しかも、モンスターは放っておくとダンジョンから出て来てしまうのでなんとかしよう、という話です。

本作はWeb版と読み比べて頂けると、ストーリー展開が多少異なっています。

ネタバレになるので詳しく言えませんが、あるキャラクターの登場が早まっています。

このキャラクターは、Webではどちらかと言うと嫌われているほうです。

作者も書いていてなんですが「嫌われても致し方ないな」と思っています。

ですが、だからと言って魅力がないとは思っていません。

このキャラクターは、キャラクターなりに頑張っており、個性はあると思っています。

他にもなんでニワトリを？　と思われるかと思います。

その答えは酷《ひど》く単純です。

作者が、このニワトリが好きだからです。

そんな理由から、ニワトリを出すことにしました。（笑）

最後に謝辞を。

拙作を受け入れ本にしていただいた宝島社、いろいろと働き掛けてくれた担当のMさん、数々の注文を出したにもかかわらず、素晴らしいイラストを描いていただけた大熊まいさん。

そして、本作を手に取っていただけた皆様、本当にありがとうございます。

※本書は、「小説家になろう」(http://syosetu.com)に掲載されていたものを、改稿のうえ書籍化したものです。
この物語はフィクションです。実在する人物、団体等とは一切関係ありません。

ダンジョンマスター
静岡県東部在中。
趣味はゲームに漫画・ラノベを読むこと。
ラノベを読み続けて20年以上、読んだ冊数1000冊以上、現保有冊数が約500冊とかなりのラノベ好き。今嵌まっているラノベは色々あるので紹介しきれませんが、それが本作に影響を及ぼしています。特に戦闘描写に色濃く出ていると思います。

イラスト **大熊まい**
ゲーム会社勤務経験を経て、フリーのイラストレーターに転向。
書籍用イラスト/ゲームキャラクターやモンスターデザイン/背景イラスト/カードイラストなど幅広く描かせて頂いています。
好きなものはチョコレートとスコッチウィスキー。

リアル世界にダンジョンが出来た
(りあるせかいにだんじょんができた)

2016年12月23日　第1刷発行

著者　ダンジョンマスター

発行人　蓮見清一
発行所　株式会社 宝島社
〒102-8388　東京都千代田区一番町25番地
電話:営業03(3234)4621 ／編集03(3239)0599
http://tkj.jp

印刷・製本　中央精版印刷株式会社

ISBN 978-4-8002-6480-0